理想の教室

ジョルジョ・アミトラーノ

『山の音』こわれゆく家族

みすず書房

目次

テクスト　「山の音」

（川端康成『山の音』より）

山の音

一

尾形信吾は少し眉を寄せ、少し口をあけて、なにか考へてゐる風だつた。他人には、考へてゐると見えないかもしれぬ。悲しんでゐるやうに見える。

息子の修一は氣づいてゐたが、いつものことで氣にはかけなかつた。

息子には、父がなにか考へてゐると言ふよりも、もつと正確にわかつてゐた。なにかを思ひ出さうとしてゐるのだ。

父は帽子を脫いで、右指につまんだまま膝においた。修一は默つてその帽子を取ると、電車の荷物棚にのせた。

「ええつと、ほら……。」

かういふ時、信吾は言葉も出にくい。

「このあひだ歸つた女中、なんと言つたつけな。」

「加代ですか。」

「ああ、加代だ。いつ歸つたつけ?」

「先週の木曜ですから、五日前ですね。」

「五日前か。五日前に暇を取つた女中の、顔も服装もよく覺えてないんだ。あきれたねえ。」

父は多少誇張してゐると、修一は思つた。

「加代がね、歸る二三日前だつたかな。わたしが散歩に出る時、下駄をはかうとして、水蟲かなと言ふとね、加代が、おずれでございますね、と言つたもんだから、いいことを言ふと、わたしはえらく感心したんだよ。その前の散歩の時の鼻緒ずれだがね、鼻緒ずれのずれに敬語のおをつけて、おずれと言つた。氣がきいて聞えて、感心したんだよ。ところが、今氣がついてみると、緒ずれと言つたんだね。敬語のおぢやなくて、鼻緒のをなんだね。なにも感心することはありやしない。加代のアクセントが變なんだ。アクセントに

だまされたんだ。今ふつとそれに氣がついた。」と信吾は話して、

「敬語の方のおずれを言つてみてくれないか。」

「おずれ。」

「鼻緒ずれの方は?」

「をずれ。」

「さう。やつぱりわたしの考へてゐるのが正しい。加代のアクセントがまちがつてゐる。」

父は地方出だから、東京風のアクセントには自信がない。修一は東京育ちだ。

「おずれでございます、と敬語のおをつけて言つたと思つたから、やさしく、きれいに聞えてね。玄關へわたしを送り出して、そこに坐つてね。鼻緒のをだと、今氣がついてみると、なあんだと言ふわけだが、さてその女中の名が思ひ出せない。顔も服裝もよく覺えてゐない。加代は半年も家にゐただらう。」

「さうです。」

修一はなれてゐるので、一向父に同情を示さない。

信吾自身にとつては、なれてはゐても、やはり輕い恐怖であつた。加代をいくら思ひ出さうとしても、はつきり浮んで來ない。このやうな頭の空しいあせりは、感傷につかまつ

てやはらぐこともあつた。

今もさうで、信吾は加代が玄關に兩手を突いてゐたやうに思はれる。そのまま少し乘り出す形になつて、

「おずれでございますね。」と言つたやうに思はれる。

加代といふ女中は半年ばかりゐて、この玄關の見送り一つで、やつと記憶にとまるのかと考へると、信吾は失はれてゆく人生を感じるかのやうであつた。

二

信吾の妻の保子は一つ年上の六十三である。

一男一女がある。姉の房子には女の子が二人出來てゐる。

保子は割に若く見えた。年上の妻とは思はれない。信吾がさう老けてゐるわけではなく、一般の例にしたがつて、妻が下と思はれるまでだが、不自然でなくさう見えた。小づくりながら岩乘で、達者なせゐもある。

保子は美人ではないし、若い時は勿論年上に見えたから、保子の方でいつしよに出歩くのを嫌つたものだ。

それが何歳ごろから、夫が年上で妻が年下といふ常識で見て無理がなくなつたのか、信吾は考へてみてもよくわからない。五十半ばを過ぎてからと見當はつく。女の方が早く老けるはずだが、逆になつた。

還暦の去年、信吾は少し血を吐いた。肺かららしいが、念入りの診察も受けず、改まつた養生もせず、その後故障はなかつた。

これで老衰したわけではない。むしろ皮膚などはきれいになつた。半月ほど寝てゐた時も、目や脣の色が若返つたやうだつた。

信吾は既往に結核の自覺症狀はなかつた。六十で初めて喀血といふのは、いかにも陰慘な氣がするので、醫者の診察を避けたところもあつた。修一は老人の頑冥としたが、信吾にしてみるとさうではなかつた。

保子は達者なせゐかよく眠る。信吾は夜なかに保子のいびきで目がさめたのかと思ふことがある。保子は十五六のころいびきの癖があつて、親は矯正に苦心したさうだが、結婚でとまつた。それがまた五十過ぎて出て來た。

信吾は保子の鼻をつまんで振るやうにする。まだとまらない時は、咽をつかまへてゆすぶる。それは機嫌のいい時で、機嫌の惡い時は、長年つれ添つて來た肉體に老醜を感じる。

今夜も機嫌の惡い方で、信吾は電燈をつけると、保子の顏を横目で見てゐた。咽をつかまへてゆすぶつた。少し汗ばんでゐた。

はつきり手を出して妻の體に觸れるのは、もういびきをとめる時くらゐかと、信吾は思ふと、底の抜けたやうなあはれみを感じた。

枕もとの雜誌を拾つたが、むし暑いので起き出して、雨戸を一枚あけた。そこにしやがんだ。

月夜だつた。

菊子のワン・ピイスが雨戸の外にぶらさがつてゐた。だらりといやな薄白い色だ。洗濯物の取り入れを忘れたのかと信吾は見たが、汗ばんだのを夜露にあててゐるのかもしれぬ。

「ぎやあつ、ぎやあつ、ぎやあつ。」と聞える鳴聲が庭でした。左手の櫻の幹の蟬である。蟬がこんな不氣味な聲を出すかと疑つたが、蟬なのだ。

蟬も惡夢に怯えることがあるのだらうか。

蟬が飛びこんで來て、蚊帳の裾にとまつた。

信吾はその蟬をつかんだが、鳴かなかつた。

「おしだ。」と信吾はつぶやいた。ぎやあつと言つた蟬とはちがふ。

また明りをまちがへて飛びこんで來ないやうに、信吾は力いつぱい、左手の櫻の高みへ向けて、その蟬を投げた。手答へがなかつた。

雨戸につかまつて、櫻の木の方を見てゐた。蟬がとまつたのか、とまらなかつたのかわからない。月の夜が深いやうに思はれる。深さが横向けに遠くへ感じられるのだ。

八月の十日前だが、蟲が鳴いてゐる。

木の葉から木の葉へ夜露の落ちるらしい音も聞える。

さうして、ふと信吾に山の音が聞えた。

風はない。月は滿月に近く明るいが、しめつぽい夜氣で、小山の上を描く木々の輪郭はぼやけてゐる。しかし風に動いてはゐない。

信吾のゐる廊下の下のしだの葉も動いてゐない。

鎌倉のいはゆる谷《やと》の奥で、波が聞える夜もあるから、信吾は海の音かと疑つたが、やはり山の音だつた。

遠い風の音に似てゐるが、地鳴りとでもいふ深い底力があつた。自分の頭のなかに聞えるやうでもあるので、信吾は耳鳴りかと思つて、頭を振つてみた。

音はやんだ。

音がやんだ後で、信吾ははじめて恐怖におそはれた。死期を告知されたのではないかと寒けがした。

風の音か、海の音か、耳鳴りかと、信吾は冷靜に考へたつもりだつたが、そんな音などしなかつたのではないかと思はれた。しかし確かに山の音は聞えてゐた。

魔が通りかかつて山を鳴らして行つたかのやうであつた。

急な勾配なのが、水氣をふくんだ夜色のために、山の前面は暗い壁のやうに立つて見えた。信吾の家の庭にをさまるほどの小山だから、壁と言つても、卵形を半分に切つて立てたやうに見える。

その横やうしろにも小山があるが、鳴つたのは信吾の家の裏山らしかつた。

頂上の木々のあひだから、星がいくつか透けて見えた。

信吾は雨戸をしめながら、妙なことを思ひ出した。

十日ほど前、新築の待合で客を待つてゐた。客は來ないし、藝者も一人だけ來てゐて、あとの一人か二人かはおくれた。

「ネクタイをお取りなさいよ、暑苦しいわ。」と藝者が言つた。

「うん。」

信吾は藝者がネクタイをほどくのにまかせておいた。

なじみといふわけではないが、藝者はネクタイを、床の間の脇にある信吾の上着のポケツトへ入れて來てから、身の上話をはじめた。

二月あまり前に、藝者はこの待合を建てた大工と、心中しかかつたのださうである。しかし青酸加里を呑む時になつて、この分量で確かに工合よく死ねるのかといふ疑ひが、藝者をとらへた。

「まちがひのない致死量だと、その人は言ふんですの。その證據に、かうして一服づつ別々に包んであるぢやないか。ちやんと盛つてあるんだ。」

しかし信じられない。疑ふと疑ひが強まるばかりだ。

「だれが盛つてくれたの？　あんたと女とをこらしめに苦しませるやうに、分量を加減してあるかもしれないわ。どこの醫者か藥屋かがくれたのとたづねても、それは言へない。だつて、をかしいでせう。二人とも死んでしまふのに、どうして言へないのかしら。後でわかるはずがないでせう。」

「落語かい。」と信吾は言ひさうだつたが、言はなかつた。

私がだれかに藥の分量を計つてもらつてから、やり直しませうと、藝者は言ひ張つた。

「ここにそのまま持つてますわよ。」

怪しい話だと信吾は思つた。この待合を建てた大工といふのだけが、耳に殘つた。

藝者は紙入から藥の包みを出して、開いて見せた。

「ふうん。」と言つて眺めただけだつた。それが青酸加里かなにかも、信吾にはわからなかつた。

雨戸をしめながら、その藝者を思ひ出したのだ。

信吾は寝床にはいつたが、山の音を聞いたといふやうな恐怖について、六十三の妻を起して話しは出來なかつた。

三

修一は信吾と同じ會社にゐて、父の記憶係りのやうな役もつとめてゐた。

保子は勿論、修一の嫁の菊子も、信吾の記憶係りの役目を分擔してゐた。家族三人がかりで信吾の記憶をおぎなつてゐた。

會社で信吾の部屋つきの女事務員も、また信吾の記憶を助けてゐた。

修一が信吾の部屋へはいつて來て、片隅の小さい書棚からなにか一冊抜き出すと、ばらばら頁をくつてゐたが、

「おやおや。」と言ひながら、女事務員の机へ行つて、開いた頁を見せた。

「なんだね。」と信吾は少し笑ひながら言つた。

修一は頁を開いたまま持つて來た。

——ここでは貞操觀念が失はれてゐるのではない。男は一人の女性を愛しつづける苦し

さと、女が一人の男を愛する苦しさに堪へられず、どちらも樂しく、より長く相手を愛しつづけ得られるために、相互に愛人以外の男女を探すといふ手段。つまり互ひの中心を堅固にする方法として……。

そんなことが書いてあつた。

「ここつてどこだい。」と信吾は聞いた。

「パリですよ。小說家の歐洲紀行です。」

信吾の頭は警句や逆說に對してもはや鈍くなつてゐた。しかし、警句でも逆說でもなく、立派な洞察のやうにも思へた。

修一はこの言葉に感銘したわけではあるまい。會社の歸りに女事務員をつれ出さうと、素早くしめしあはせたのにちがひなかつた。さう信吾はかぎつけた。

鎌倉の驛におりると、信吾は修一と歸りの時間を打ち合はせるか、修一よりおそく歸るかすればよかつたと思つた。

東京歸りの群れでバスもこんでゐるし、信吾は步いた。

さかな屋の前に立ちどまつてのぞくと、亭主にあいさつされたので、店先へ寄つて行つた。車海老を入れた桶の水は薄白くよどんでゐる。信吾は伊勢海老を指先でつついてみた。生きてゐるのだらうが動かない。さざえがたくさん出てゐるので、さざえを買ふことにした。

「おいくつ。」と亭主に聞かれて、信吾はちよつとつまつた。

「さうだね。三つ。大きさうなの。」

「おつくりいたしますね。はい。」

亭主と息子と二人が、さざえに庖丁の尖を突つこんで、身をこじ出すその刃物の貝殻にきしむ音が、信吾はいやだつた。

水道の蛇口で洗つてから、手早く切つてゐる時に、娘が二人店先に立つた。

「なに。」と亭主がさざえを切りながら言つた。

「あぢを頂戴。」

「いくつ。」

「一つ。」

「一匹?」

「え。」

「一匹?」

少し大きめの小あぢである。亭主の露骨な態度を娘はさう氣にかけない。

亭主は紙きれであぢをつまんで渡した。

うしろから重なるやうにした娘が、前の娘の肱をつついて、

「おさかなはいらないのに。」と言つた。

前の娘はあぢを受け取つてから、伊勢海老の方を見てゐた。

「あの海老、土曜日まであるかしら。私の人が好きなのよ。」

うしろの娘はなにも言はなかつた。

信吾ははつとして娘をぬすみ見た。

近ごろの娼婦である。背をまる出しにして、布のサンダルをはき、いい體である。

さかな屋の亭主はきざんだ身をまな板の眞中にまとめて、三つの貝殻へ分けて入れながら、

「あんなのが鎌倉にもふえましたね。」と吐き出すやうに言つた。

信吾はさかな屋の口調がひどく意外で、

「だつてしゆしようぢやないか。感心だよ。」となにか打ち消した。

亭主は無造作に身を入れてゐるが、三つの貝の身が入りまざつて、それぞれの貝の身が元通りの貝殻にはかへらないだらうと、信吾は妙に細かいことに氣がついた。

今日は木曜で、土曜まで三日あるが、このごろは伊勢海老がよく魚屋に出てゐるからとも、信吾は思つた。あの野性の娘が一尾の伊勢海老をどう料理して、外人に食はせるのだ

らうか。しかし伊勢海老は煮ても、燒いても、蒸しても、野蠻で簡單な料理だ。

信吾はたしかに娘に好意を持つたのだが、その後で自分がうらさびしいやうに感じられてならなかつた。

家族は四人なのに、さざえを三つ買つた。修一が夕飯に歸らないとわかつてゐるから、嫁の菊子に氣がねをしたといふほどははつきりしてゐない。さかな屋にいくつと聞かれて、ただなんとなく修一を省いたのだつた。

信吾は途中の八百屋で銀杏も買つて歸つた。

四

信吾が例になくさかなを買つて來たのだが、保子も菊子もおどろく風はなかつた。

いつしよのはずの修一が見えないので、その方の感情をかくすためかもしれなかつた。

さざえと銀杏とを菊子に渡して、信吾も菊子のうしろから臺所へ行つた。

「砂糖水を一杯。」

「はい、今お持ちいたします。」と菊子は言つたが、信吾は自分で水道の栓をひねつた。

そこに伊勢海老と車海老とがおいてあつた。信吾は符合を感じた。さかな屋で海老を買はうかと思つた。しかし、兩方とも買はうとは思ひつかなかつた。

信吾は車海老の色を見て、

「これはいい海老だね。」と言つた。生きのいいつやがよかつた。

菊子は出刃庖丁の背で銀杏を叩き割りながら、

「せつかくですけれど、この銀杏は食べられませんわ。」

「さうか。季節外れだと思つた。」

「八百屋に電話をかけて、さう言つてやりませう。」

「いいよ。しかし海老にさざえは似たもので、蛇足だつたね。」

「江の島の茶店。」と、菊子はちらつと舌の先きを出しかかつた。

「さざえは壺燒ですから、伊勢海老は燒いて、車海老はてんぷらにいたしませう。椎茸を買つてまゐりますから、お父さま、そのあひだにお庭のお茄子を取つていただけませんか?」

「へえ。」

「小さめのを。それから、しその葉のやはらかいのを少し。さうか、車海老だけでよろしうございますか。」

夕飯の食卓に、菊子は壺燒を二つ出した。

信吾はちよつと迷つてから、

「さざえがもう一つあるだらう。」

「あら、おぢいさまとおばあさまとはお齒が惡いから、お二人で仲よく召しあがるのかと思ひましたわ。」と菊子は言つた。

「なに……。情ないことを言ふなよ。孫がうちにゐないのに、どうしておぢいさんだ。」

保子は顏を伏せて、くつくつ笑つた。

「すみません。」と菊子は輕く立つて、もう一つの壺燒を持つて來た。

「菊子の言ふ通りに、二人で仲よくいただけばよろしいのに。」と保子が言つた。

信吾は菊子の言葉を當意卽妙と內心感歎してゐた。さざえを三つか四つかといふこだはりも、それで助かつたやうなものだ。無邪氣さうに言つてのけたところが、隅におけない。一つを修一に殘して自分が遠慮するとか、一つをお母さまと自分と二人でとか言ひさうなものだが、菊子も考へたのかもしれぬ。

しかし、保子は信吾の心隅に氣づかなくて、

「さざえは三つしかなかつたんですか。四人ゐるのに、三つ買つてらつしやるから。」と間拔けなむしかへしをした。

「修一は歸らんから、いらんぢやないか。」

保子は苦笑した。しかし、年のせゐか苦笑とは見えない。

菊子は陰つた顔もせず、修一がどこへ行つたとも聞かなかつた。

菊子は八人きやうだいの末つ子である。

上の七人とも結婚してゐて、子供が多い。菊子の親からの盛んな繁殖ぶりを、信吾は思ふ時がある。

菊子の兄や姉の名を、いまだに信吾がよく覺えてくれぬと、菊子はたびたび不平を言つた。大勢の甥や姪の名はなほ覺えない。

菊子の生れたのは、もういらないし、もう出來ないと、思ひこんだ後で、母もこの年でと恥ぢ、自分の體を呪つたほどで、墮胎をこころみたがしくじつた。難產で額に鉤をかけられた。

母に聞いたと言つて、菊子は信吾にもさう言つた。

そんなことを子供に話す母親も、また舅に話す菊子も、信吾は解せなかつた。

菊子は前髮を掌でおさへて、額のかすかな傷あとを見せた。

それからは、額の傷あとが目につくと、信吾はふつと菊子が可愛くなることもあつた。

しかし、菊子は末つ子らしく育つたやうだ。あまやかすといふよりも、みなに氣安く愛されたらしい。少しひよわいところはあつた。

菊子が嫁に來た時、信吾は菊子が肩を動かすともなく美しく動かすのに氣づいた。明らかに新しい媚態を感じた。

ほつそりと色白の菊子から、信吾は保子の姉を思ひ出したりした。

信吾は少年のころ、保子の姉にあこがれた。姉が死んでから、保子は姉の婚家に行つて働き、遺兒を見た。獻身的につとめた。保子は姉のあとに直りたかつたのだ。美男の義兄が好きでもあつたが、保子もやはり姉にあこがれてゐたのだ。同じ腹と信じられぬほど姉は美人だつた。保子には姉夫婦が理想の國の人に思はれた。

保子は姉の夫にも遺兒にも調法だつたが、義兄は保子の本心を見ぬ振りした。さかんに遊んだ。保子は犧牲的な奉仕にあまんじて生きるつもりらしかつた。

信吾はそのやうな事情を知つて、保子と結婚した。

三十幾年後の今、信吾は自分たちの結婚がまちがつてゐたとは思つてゐない。長い結婚は必ずしも出發に支配されない。

しかし、保子の姉のおもかげは、二人の心の底にあつたわけだ。信吾も保子の姉の話はしないけれども、忘れたわけではなかつた。

息子の嫁に菊子が來て、信吾の思ひ出に稻妻のやうな明りがさすのも、さう病的なことではなかつた。

修一は菊子と結婚して二年にならないのに、もう女をこしらへてゐる。これは信吾にはおどろくべきことだつた。

田舎出の信吾の青年時代とちがつて、修一は情慾にも戀愛にも惱む風がなかつた。重苦しく見せなかつた。修一がいつ初めて女を知つたのかも、信吾は見當がつかなかつた。

今の修一の女は商賣女か娼婦型の女にちがひないと、信吾はにらんでゐた。

會社の女事務員などは、ダンスにつれ出すくらゐのもので、あるひは父の目をくらますためかと疑はれた。

相手の女はこんな小娘ではないのだらう。信吾はなんとなく菊子からそれを感じた。女が出來てから、修一と菊子との夫婦生活は急に進んで來たらしいのである。菊子のからだつきが變つた。

さざえの壺燒の夜、信吾が目をさますと、前にはない菊子の聲が聞えた。

菊子は修一の女のことをなにも知らないと、信吾は思つた。

「さざえ一個で、親がわびた形か。」とつぶやきさうだつた。

しかし、菊子は知らないでゐながら、その女から菊子に波打ち寄せて來たものはなんだらう。

うとうとすると朝方になつてゐた。信吾は新聞を取りに出た。月が高く殘つてゐた。新聞をざつと見てから、また一寢入りした。

五

東京驛で修一は素早く電車に乘りこんで座席を取ると、後からはいつて來た信吾にかはつて立つた。

夕刊を渡しておいて、自分のポケットから信吾の老眼鏡を出してくれた。信吾も持つてゐるが、よく置き忘れるので、豫備を修一に持たせてある。

夕刊の上から信吾の方へ身をかがめて、

「今日ね、谷崎の小學校の友だちで女中に出たいのがあるさうですから、頼んでおきましたが。」と修一が言つた。

「さうか。谷崎の友だちぢや都合が悪くないのか。」

「どうしてです。」

「その女中が谷崎に聞いて、お前のことを菊子にしやべるかもしれんよ。」

「ばからしい。なにをしやべるんです。」

「まあ、女中の身もとがわかつてゐていいだらう。」と信吾は夕刊を見た。

鎌倉驛におりると、修一が言ひ出した。

「谷崎がお父さんに、なにか僕のことを言つてるんですか。」

「なにも言つてない。口がきけんやうにしてあるらしいね。」

「ええ？　いやだなあ。お父さんの部屋つきの事務員に、僕がどうかしたら、お父さんがみつともなくて、もの笑ひぢやありませんか。」

「あたりまへだ。しかしお前、菊子には知らさんやうにしろ。」

修一はあまりかくすつもりもないのか、

「谷崎がしやべつたんですね。」

「谷崎は、お前に女のあることを知つてゐて、お前と遊びたがつてるのか。」

「まあさうでせうね。やきもちが半分ですよ。」

「あきれたもんだ。」

「別れますよ。別れようとしてゐるんです。」

「お前の言ひ方は、わたしにはわからん。まあさういふことは、ゆつくり聞かう。」

「別れてから、ゆつくり話します。」

「とにかく、菊子には知らせんやうにしろ。」

「ええ。しかし、菊子は知つてるのかもしれませんよ。」

「さうか。」

信吾は不機嫌にだまりこんだ。

家に歸つても不機嫌で、信吾は夕飯の席をさつと立つて、自分の部屋へはいつた。

菊子が西瓜の切つたのを持つて來た。

「菊子、お鹽を忘れましたよ。」と保子が後から來た。

菊子と保子とはなんとなく廊下に坐つた。

「お父さま、西瓜西瓜と、菊子が呼んだの、聞えませんでしたか。」と保子が言つた。

「聞えなかつたね。西瓜のひやしてあることは知つてたさ。」

「菊子、あれが聞えないんだつて。」と保子は菊子の方を向いた。菊子も保子の方を向いて、

「お父さまはなにか怒つてらつしやるからですわ。」

信吾はしばらくだまつてゐてから言つた。

「このごろ少し耳が變になつたのかもしれんね。このあひだ、夜なかにそこの雨戸をあけて涼んでゐると、その山の鳴るやうな音が聞えてね。ばあさんはぐうぐう寝てるんだ。」

保子も菊子も裏の小山を見た。

「山の鳴ることつてあるんでせうか。」と菊子が言つた。

「いつかお母さまにうかがつたことがありますわね。お母さまのお姉さまがおなくなりになる前に、山の鳴るのをお聞きになつたつて、お母さまおつしやつたでせう。」

信吾はぎくつとした。そのことを忘れてゐたのは、まつたく救ひがたいと思つた。山の音を聞いて、なぜそのことを思ひ出さなかつたのだらう。

菊子も言つてしまつてから氣にかかるらしく、美しい肩をじつとさせてゐた。

はじめに

　時の経過とともに何回も読み直される本は、読者の中に住んでいるかのようです。本は静かな住人で、読者はそれが自分の中に住んでいることさえ、遅かれ早かれ忘れてしまいます。読者の世界はいつも混雑していますし、その本がいくら好きでも、影はだんだん薄くなっていって、いつの間にか消えてしまうようです。

　でも確かに自分の中に住んでいるから、いつかかならずまたその本は浮上します。不意に記憶から明確に現われます、まるで読んだばかりのように。やっぱり消えていなかったんだ、忘れていただけだったんだと確かめることになります。自分の中に住んでいるから、なくなるわけはないんだと。

　その本のことを思い出させるのは、ほかの本か、日常生活で遭遇した人か事情でしょうが、本人もその作品と自分との関係は分かりかねます。でも、分かる分からないにかかわらず、何かの観念連合で甦ったに間違いないのです。鮮やかに、ひと雨降った後の草木のように。読者の人生にはたくさんの作品が訪れますが、残っていていつまでもいっしょに生きているものは、とても少ないのです。その作品は自分の一部分となり、自分の財産となって、読者が引っ越ししても、外国へ行っても、年をとっても、消えません。

作品は思慮深い居候のようにいつまでも自分のなかに住んでいます。透明な存在ですが、その人の内的な景色を描くでしょう。それでいて、ぜんぜん目立たないのに、読者の人生に影響をあたえて、運命をけっすると言ってもいいのです。

『山の音』という小説は、いつから僕の中に住むようになったのかな。読んだのは確か大学一年生のときでした。日本語の勉強をしながら、日本と関係のあるものを一生懸命探しました。ずっと昔の話ですから、今イタリアの若者のあいだにものすごく流行っているマンガとアニメがまだ入っていなかったし、日本はいろいろな意味でまだ遠く感じられる国でした。僕は「日本のものなら何でもいい」というような気持ちで何の知識もなく探していました。食べ物は非常に珍しくて手に入れるのは難しかったし、日本のレコード（CDの時代はまだ始まっていませんでした）は一枚も輸入されていなかったのです。映画もなかなか見られませんでした。イタリア語に翻訳された日本文学の作品も少なかった。そのうえ、古いからほとんど品切れでした。でも、うまく探せば古本屋にいくつかありました。時間をかけて、いくつかの本を買うことができました。傑作かくだらないものか判断できなくて、年代も無視して何の順番もなしに無分別に読みました。

『山の音』はそのなかの一つでした。作家に関する僕の知識は、川端がノーベル賞を受けていたので、その名前を聞いたことがある程度で、それ以上なにも知りませんでした。その小説をイタリア語に訳した、後に友人になる須賀敦子の名前も、その時は知らなかったのです。

『山の音』をほとんど暗記している今の僕は、若い学生だったその頃の気持ちをぼんやりと覚えています。好奇心や不満（分からないところが多かった）が確かにありましたが、何を考えていたのかまでは、はっきり覚えていません。ましてその小説が、僕が大学で行う授業の周期的な主題になることなどは、夢にも想像できませんでした。

僕の文学コースでは何度も繰り返し『山の音』をとり上げることになりました。もちろん好きだからという理由だけではありません。よく使ったのは、最初から学生の反応がよかったからです。どんな教師でも、生徒の興味に関心があるでしょう。学生からのフィードバックがなかったら、教室を覆う退屈の濃霧がやってきます。その霧は、ほかの作品について教える時には、ときどき現われるのに、『山の音』の話をすると、なぜか発生しません。そういうことに今もってこころから驚かされます。

『山の音』の主人公は老人です。この本の一つの大事なテーマは老いですし、小説のテンポは遅いですし、筋がうすくて、アクションに欠けるというよりも、ほとんど何も起こらないと言っていい小説です。でも、『山の音』について授業を始めようとするとき、若い学生が三十年前の僕と同じように『山の音』の世界に入って、珍しいリズムに慣れていって、いろいろな発見をしていくことを、いつもこころから楽しみにしています。

第1回　家族という名の他人

信吾の不思議な夜

あるむし暑い夏の夜、眠れない尾形信吾《おがたしんご》に山の音が聞こえます。その音を、六十二歳である信吾はこれまで一度も聞いたことがありません。遠い風か海の音に似ていますが、普通に誰にでも聞こえる自然の物音ではありません。耳鳴りとも違います。「地鳴りとでもいふ深い底力があつた」〔248　全集版ページ数、以下同〕音で、山の胎内から湧き上がってくるようです。露の落ちる音まで聞き分けられる妙に静寂な夜に不気味に響くその音は、もしかすると、死期を告知したものではないかと、恐怖におそわれながら、信吾は思います。

年をとっていますし、一年前には初めて血を吐いたことがあります。それは検査も受けず治療もせず治まったようですが、不安は彼からずっと離れなかったのでしょう。したがって、山の音は家の裏山から聞こえてきたとしても、現実の世界にある音と言うよりはむしろ、信吾のこころのどこかからやってきたかのようです。信吾の中に潜んでいた悩みの声だと言っていいでしょう。

物語は、夜の沈黙に響いたその山の音から始まります。

この小説の主人公である信吾は妻保子《やすこ》と息子修一《しゅういち》夫婦と共に鎌倉に住んでいます。場面は戦後の日本で、当時は、息子が結婚した後、両親と同居するパターンはとても普通で、そういった意味では信吾たちはその時代の典型的な家庭と言っていいです。しかし、信吾の一家はその時代の社会の代表的家庭でありながら、その一員のそれぞれの特徴的個性の組み合わせから見てみると、特有の家庭です。さらに言えば、尾形家は不幸な家庭なのですが、トルストイも『アンナ・カレーニナ』の書き出しでこう言っています。

「幸福な家庭はみな同じように似ているが、不幸な家庭は不幸なさまもそれぞれ違うものだ」

この小説の成功は、ある程度こういう普遍性と唯一性のバランスに因っています。『山の音』の場合は、ドラマが最後まで爆発はしませんので、「不幸」という言葉は大げさに思えるでしょうが、信吾の家族にはたくさんの問題が交錯しています。家族ひとりひとりがそれぞれに行き止まりにいる状態です。一緒に住んでいる息子修一は妻の菊子《きくこ》を冷たく扱って、しかも愛人がいます。長女房子《ふさこ》の結婚もうまくいかなくて、二児をつれて出戻ってきます。

信吾も還暦を迎え感情の混乱を卒業したつもりでしたのに、また人間の悩みの渦に吸い込まれているという気がします。というのは、忘れたと思っていた遠い昔の思い出が押しよせ、同時に修一の嫁菊子にひかれている自分を意識し、動揺しないわけにはいかないからです。その上、老いの苦さを味わい始めたばかりですし、死の影が近づいてくるのを感じるようになって、過去の思いの中にだけひっそりと身を置こうとしたがりますが、子どもたちは彼に家長としての助けを求めるので、自分の内的な世界に引きこもってはいられません。

信吾は主人公だと言いましたが、語り手ではありません。この小説は一人称ではなく三人称で書かれていますから「私」はありません。ところが、事実はすべて信吾の視点から語られているのです。

それは、『山の音』の語り手は『戦争と平和』の語り手のように、神のごとく全知全能ではなく、視野が限られているということです。影のように信吾につきまとって、彼が目撃したことや彼のこころの動きや夢などを忠実に記録します。おかげで、端《はた》から見ると平凡な年を取った退職まぎわの会社員である信吾が大写しにされて、読者にも彼の内的な世界の広さと深さが伝わってきます。人間のこころの景色がこんなにも広大であることを思い出させられるのは、この作品の美点の一つです。

信吾の記憶は彼にいたずらをしているかのようで、昨日会った人の名前と顔をどうしても思い出せないのに、思いもよらない、不思議な記憶が突然甦ったりします。こういう不満を抱いている信吾には、自分で自分の人生を支配できなくなっていくかのように思われます。

一般的に部外者が老いとは何かと考えてみるとき、きっと思いはすぐ、衰えていく体に飛ぶでしょう。杖を突いて歩く老人だとか、しわの深いおばあさんの顔だとか、そういう型にはまったイメージばかりすぐ浮かび上がってくるでしょう。それは当然かもしれませんが、老いの兆しに気がつく本人には、それよりも、自分の世界の知覚におけるすごい変化がもっと気になるのではないでしょうか。思春期のように、ほとんど毎日、本人もよく分からない何かの変化の兆しが現われます。体も精神も性感も変わっていきます。恥ずかしくて、怖くて、誰にも説明を聞けませんし、誰も説明してくれません。また、いろいろな発見をしていきます。信吾の場合、日常生活を妨げるくらい自分の記憶のコントロールを失うと同時に、感覚は異常に鋭くなりますし、精神も鋭敏になります。

思いの音楽

山の音が聞こえた翌日、昨夜《ゆうべ》の非現実的な雰囲気は朝の空気でかき消されたようで、信吾は日常生活に戻ったつもりですが、やはり前日の思いの流れは居残って、とぎれることのない静かなBGMのようにいつまでも彼につきまといます。その音楽は低い音量で、信吾の視野に入ってくる登場人物や、物や、エピソードなどに流れ込んで、この小説に描かれたすべての世界を覆ってしまいます。信吾の思いは滑らかによどみなく流れていて、家庭の日常生活のいちばんありふれたところにまでその影響の光を放ちます。

小説全体に流れる、この極めて音楽的な表現との融合による内面生活の卓越した叙述の手法は、ひとえに川端の文学的な才能に拠りますが、同時に二十世紀文学が多年にわたる苦心の末にたどり着こうとしたものでもあるのです。

ヨーロッパのモダニズム文学のもっとも偉大な作家たちは、新しい小説形式の可能性を模索しながら、客観的実在から個人の内面的次元の表現に目を向けました。ウイリアム・ジェームズとフロイトの無意識領域の発見の影響を受けていましたし、十九世紀の作家と違って、ドストエフスキーの例をも超えて、効果的な現実の表現より、内面生活の描写に興味を覚えるようになりました。この作家たちはそれぞれに意識の流れや内的独白というような手法を用いて、前例のない心理学的な深さを達成の目的としながら、新しい表現を作り出すことを試みました。そうしながらも、もちろん客観的実在を無視する訳ではなく、むしろ、内的次元のそれとのバランスを求めなくてはいけないと納得しました。

こういう傾向の代表的な作家にジェームス・ジョイスとヴァージニア・ウルフがいますが、二人とも、それぞれにそういうバランスに悩んで探しているうちに、新しい形の小説における日常生活の果たす役割の重大さをはっきり認識しました。その例として、実験的な作品であるジョイスの『ユリシーズ』とウルフの『ダロウェイ夫人』の中では、日常生活（客観的実在）と内面性（主観的次元）の関係が重要な点となっています。そのバランスを取るために、ジョイスはホメロスの『オデュッセイア』の大叙事詩を二十世紀のダブリンでの二人の人物のありふれた一日に転写します。ウルフの『ダロウェイ夫人』の場合は、主人公のクラリッサ・ダロウェイの一日の普通の出来事（買い物、人との出会い、パーティーの準備）と意識の流れが彼女の内面性を補完してゆきます。

二〇年代に横光利一や片岡鉄兵などとともに新感覚派を展開した川端康成は、モダニズム文学の傾向に馴染み深かったのです。新感覚派は新しい表現を追求していた運動でしたし、ヨーロッパで行われていた実験を注意深く追っていました。今日ではこうした川端の前衛時代は少し忘れられているのではないかと思います。

『伊豆の踊子』や『雪国』などのもっとも有名な作品の評価は日本の伝統美的感覚を連

想させますし、ノーベル文学賞受賞式の着物姿の川端の写真と、そのときなされた「美しい日本の私」という演説は、あまりにも有名で当時まだ生まれてなかったひとも、ご存知かもしれません。しかし、川端の前衛と実験主義に対する興味は、決して若気の過ちにすぎない、はかないものではありませんでした。確かに、川端の作家としての技術が円熟するにつれて、前衛的な面は目立たなくなりましたが、それは消えることなく文章の流れの中に溶け込んでいったのです。

「文芸時代」という新感覚派の作家たちが創刊した文芸誌に掲載された、この運動のマニフェスト的役割と位置づけられている「新進作家の新傾向解説」という記事では、ダダイズムや表現主義や精神分析の連想の手法などが引用されている上に、表現の革新の追求が論理的な観点から表わされています。

晩年の、日本美の伝統を追求する川端は、この記事に見られる実験主義者の川端からは遠く感じられるかもしれませんが、きっと本人にとっては、美しさの追求と新しい表現の追求のあいだに、境界線はなかったのでしょう。

『山の音』に戻りますが、内面生活と日常生活のバランスの面では、この作品は『ユリシーズ』や『ダロウェイ夫人』より、成功していると思います。川端は最初のページから最後のページに至るまで、日常生活から内面生活に次から次へと繰り出されるピンポン球のように、絶え間なく筆を走らせています。川端のプレイの例を一つぐらいあげてみたいと思います。

先に、物語は山の音から始まると言いましたが、実はそれは第一章の第二節で、その前にある、序のような第一節では、信吾と修一の会話が展開されています。毎日鎌倉から東京へ通勤する親子は電車に乗っています。はっきり言えば、会話自体は異常につまらないので、どうして小説の書き出しに作家はこのつまらない会話をわざわざ選ばなければならなかったのかと思うかもしれませんが、注意して読み直してみると、巧みに選ばれた結果だと分かります。話は最近暇《いとま》を取った女中に触れていますが、信吾は名前も顔もすっかり忘れていたというのに、彼女とのあいだにあった誤解ははっきり覚えてます。それは「おずれ」という言葉から生じた取るに足らない誤解ですが、その記憶の存在と欠落は信吾に老いを実感させます。

「加代といふ女中は半年ばかりゐて、この玄關の見送り一つで、やつと記憶にとまるのかと考へると、信吾は失はれてゆく人生を感じるかのやうであつた。」[245]

この小さなシーンは、後から来る山の音のシーンほどの象徴的な迫力に欠ける、物語の序にすぎませんが、この小説の一つの特徴である日常生活と内面生活のあいだの上下とトーンを決定しますので、この作品の中で大事な役目を果たします。

ある結婚の風景

さざえを買うエピソードでもまた、信吾の思いの流れは日常の出来事に溶け込んで、意味の深い層を掘り起こします。買物をしている信吾は、さかな屋さんにいくつのさざえが欲しいかと聞かれ、ちょっと返答につまります。それで、あまり深く考えずに、三つ、と答えます。後から、家族が四人なのにさざえを三つ買ったことに気がつきます。愛人がいる息子は夕飯に帰らないと分かっていて、嫁の菊子に気兼ねをしてそう答えたのか、自分にもはっきりしません。

食事のとき、菊子はさざえを二つしか出しません。聞いてみると、「おぢいさま」と「おばあさま」は歯がわるいからふたりで仲よく分けると思ったと、菊子が答えます。半分冗談でだった菊子の答えは、信吾を窮地から解放します。ほっとした彼はこころから菊子のウィットに感心しますが、保子は、信吾のこころにある蟠《わだかま》りに気づかず、どうして家族は四人なのにさざえを三つしか買わなかったのかと、折り悪く主張します。それまでうまく遠ざけられていた修一の不在の問題は露呈してしまいます。それでも、菊子はなんの動揺も見せず、どうして夫が帰らないのかたずねません。

尾形家でも、すべての家庭と同様、毎日全員が集う食卓は、家中の愛情と緊張が集まる場所であり、一日でいちばん楽しい時間を過ごす代わりに、またいちばん苦しい時間を過ごす機会でもあります。端から見るかぎり、こういう苦しさは明らかではありません。一見、尾形家も調和のとれた家庭の模範のように思えるかもしれませんが、もろくくずれ易い調和だと知っている信吾は、どんな日常の出来事にも、裏に潜んでいる危険を感じます。そのせいで、さざえの数の問題でも、信吾の中で危機感が高まるのです。

保子にこころを打ち明けたら、ある程度自分の重荷を下ろすことができるのでしょうが、最初から保子を、自分の深い思いを分かち合う相手として認識していなかったし、そのことは三十年以上の長い結婚生活のあいだにも変わりませんでした。元から保子は信吾の愛の対象ではなかったからです。

信吾と保子は見合い結婚ではなかったのですが、恋愛結婚とも言えません。信吾は少年のころから、保子の美人の姉にあこがれていたのですが、姉は他の人と結婚していました。保子も姉にあこがれていましたし、美男である義兄も好きで、「姉夫婦が理想の國の人に思はれた」［257］ようです。姉が死んでから、彼女のあとにおさまりたくて、保子は義兄の世話を一生懸命にしましたが、彼は女遊びをしたりして、彼女を無視しました。その事情を十分に理解した上で、信吾は保子と結婚しました。同情による結婚だったかどうか信吾にも判断がつかないものだったのでしょうが、たぶん二人とも「理想の國」に入るのをあきらめて、地球の住人と結婚することにしたのでしょう。

情熱のないその結婚が失敗だったとは、信吾は決して思いません。しかし、彼にも保子にも失楽園のような感じが取り付いてしまったのでしょう。神が見えなくなった堕ちた天使のように、その失われた光の陰でずっと生きてきたと言っていいでしょう。ふたりの心の底には、姉の面影だけではなく、ふたりのあいだにそのことを表現できないことの影もあります。

保子の姉を思い出させるほっそりと色白の菊子が尾形家に入ってから、信吾の中にその遠い昔の光が甦ったようです。信吾の菊子に対して抱いている感情は異常に複雑で、さまざまな色合いとヴァリエーションであふれています。父性愛に似たところもあり、男女の愛に似たところもあります。川端は、信吾の菊子に対する感情について、憧れという言葉を直接使いませんが、信吾の保子の姉に対しての感情との比較をしばしば用いるので、信吾の気持ちは愛というよりも、憧れに近いと間接的に暗示します。

「あこがれ」はとても日本的な言葉で、私の知っている限り、どんな西洋語にも、対応する単語がありません。英語やイタリア語やフランス語などの翻訳者はみな、しかたなく、それぞれの言葉でいちばん近い語彙を選んだり、回りくどい表現で説明したりしますので、だいたい意味は伝わってきますが、やはりちょっと違う気がします。「あこがれ」というのは、愛と違って、観念の要素が行動より大事で、対象を極めて理想化するので、こころがいくら奪われるとしても、何の野心も実現しようとしません。

菊子と思想を分かち合えることと日常生活の中で容易に彼女の存在に触れ得ることは、信吾にとっては大きな慰めです。当然ながらそれ以上、彼は彼女に何も求めません。ふたりは個人的な話はあまりしませんが、感受性が似ているせいか、通じ合うようです。それまで誰にも伝えられなかった感覚を菊子に初めて伝えられるようになったのです。信吾は新しい、新鮮な楽しみを味わっていきます。

さきほども言ったように、信吾は最初から保子に自分のこころを開けなかったのです。この大事な点をもう少し分析してみたいと思います。

尾形夫婦のあいだにあるのは、通常のコミュニケーションであり、真のコミュニケーションが不可能であることは明らかです。それは、もちろん保子の姉のこともあったのですが、信吾がはじめから保子の感受性を過小評価していたからでしょう。信吾は妻が自分のこころの動きを理解できないと思っているので、山の音が聞こえたことさえ、すぐには保子に言わなかったのです。

しかし、数日後、菊子と保子がいる場所でその話がたまたま出ると、菊子は同じ話を保子から聞いたことがあったと言います。菊子は、保子が彼女の姉が死ぬ前に山が鳴るのを聞いたと語ります。保子がそんなことを言ったのをまったく忘れていた信吾にとっては、大きな驚きです。きっとその言葉の余韻をずっと自分の無意識の中に持ち続けていたのでしょう。信吾はそのことを忘れていたことを、保子に悪かったと思い、申し訳ない気持ちになりますが、その忘却は彼の保子に対しての態度をなによりも明瞭に表わしています。

でも、誰が誰に悪いというより、信吾も保子も、家庭生活の典型的な自動現象に囚われています。家族というのは、一員がそれぞれに他の一員に役を割り当てて、たいてい一生それを変えません。また、割り当てられた役はその人の本質に百パーセント一致してはいないので、その人は無意識に家族の期待に添うようにがんばりますが、それがために自分の一部分を犠牲にしなくてはいけません。家庭の調和のため、どのくらい妥協をしなければならないかは普遍的な問題です。家庭生活と各人の人間性の調和をとるために、世界中の親子と夫婦とが毎日苦労しています。反抗したり戦ったり受け身に引きこもったりしながら。尾形家の一員も同様、この問題にみんなそれぞれ反応します。

信吾が保子に割り当てたのは精神的な役ではなく、実際的な役に違いありません。信吾は保子が妻や母としては信頼できると認めているので、家庭の煩わしさについてはよく話したりしますが、彼女に決められた境界線を越える自由を許しません。信吾は保子に自分の感覚と感情を伝えたいと思わないのでしょう。

読者が覗き込める視点は信吾のそれだけですから、保子の内面を知る由はありませんが、義兄のために「犠牲的な奉仕にあまんじて生きるつもりらしかつた」［285］保子が結婚生活の中の目立たない役割を受け入れたのは当然だと思われます。きっと、夫の深い思いを分かち合えるほど微妙な感受性を持っているという自信がないのでしょう。

しかし、ふたりは割と仲良しですし、信吾と保子の結婚は、決して会話のない結婚ではないし、喧嘩も少ないし、昔から代々伝えられた日本的価値観を持った模範的な安定した結婚なのです。「はつきり手を出して妻の體に觸れるのは、もういびきをとめる時くらゐ」［247］の信吾には保子への欲望も消えたかのようですが、ふたりが寝床にいる時には慈しみの瞬間がまだあります。川端の、人物のボディー・ランゲージを利用した、言葉の少ない優れた描き方のおかげで、その小さな身振り手振りの描写を通して親愛の感じが読者によく伝わってきます。「そして、（保子は）信吾の手をさがした。握るでもなく、輕く觸れさせてゐた。」［284］

孤独の鏡

娘の房子は二人の子どもをつれて実家を訪れます。荷物も持ってきたし、しばらく泊まるつもりのようです。信吾たちとのほんの少しのやりとりのうちに、房子と家族との困難な関係がはっきり伝わってきます。信吾の無害な言葉への房子の対応はこころなしか厳しく思われます。房子とは初対面である読者は彼女の言葉から抑えられた怒りを感じます。夫の相原《あいはら》との結婚がうまくいかない状態のストレスがたまっていると考えられますが、それよりさらに深い、古い精神的な傷でも苦しんでいるようです。

信吾が孫の國子《くにこ》のことを「その子」と言うと、すぐ房子に叱られてしまいます。「國子ですよ。その子ぢやないわ。おぢいさんにつけていただいた名前ぢやありませんか。」[261] 孫を可愛がっている信吾への房子の返事が素っ気なく思われるかもしれませんが、読者は言外の意味を読み取れるでしょう。房子の反応には、母としての自分の娘の弁護に、愛されていない娘の恨みが重ねられているのです。信吾とのやりとりに過剰な苦々しさを表わす房子は、父の態度には心の底から不快を感じるようです。房子は意地悪女にすぎないように見えるかもしれませんが、たぶん彼女の中には父に不公平に扱われた気持ちが読み取ることができます。それは、憎悪や復讐心に至るほどの激しい感情ではありませんが、房子の中にぼんやりと潜んで、彼女の日々を毒するのでしょう。房子の不幸な結婚、すなわち夫の相原に愛されていないことは、娘としても愛されなかった傷を甦らせるのです。彼女にとって、父が自分の悩みの源となっていきます。

保子は、信吾が房子をずっとなおざりにしていると言って、夫を責めています。保子によると、房子を嫌って修一ばかりを可愛がっていた昔のように、今も娘をおろそかにして、嫁の菊子だけを可愛がっています。信吾は下手な自己弁護をしようとしますが、同時に告白できない罪悪感を感じます。保子の姉の美しさが娘に復活することを期待していた信吾は失望してしまいました。その失望のために、信吾と保子の結婚生活にもう一つの秘密を付け足すことになったのです。

「同じ腹と信じられぬほど姉は美人だつた。」〔256〕「房子が生れた時にも、保子の姉に似て美人になつてくれないかと、信吾はひそかに期待をかけた。（……）しかし、房子は母親よりも醜い娘になつた。」「姉の血は妹を通じて生きては來なかつた。」〔302〕

保子の姉の美しさは保子と信吾だけではなく、関係ないはずだった房子の人生にも影響を与えることになったのです。達成不可能な理想である、会ったこともない美しい叔母にしばしば比較されるのは、房子の悲しい運命です。保子の姉の美しさは、房子の意図とは無関係に遠い波のように、彼女の人生の波打ち際まで打ち寄せてきたのです。その上、その悲しい運命の繰り返しのように、また、完全無欠の菊子に比較されてしまいます。そんな夫を責める保子も、実の娘より菊子に好意を抱いていると信吾に打ち明けます。

「菊子がなにか言つたりしたりすると、ほつと氣の輕くなる時もありますが、房子だと氣が重くなつて……。」〔287〕

幼年期や思春期には、人間形成や女としてのアイデンティティー形成のために、娘に対しての父の態度がいかに大事かということは、心理学者ではない私たちも、よく知っている通りです。娘にとって、父の目は鏡のようであり、父に無視されたら、その目に自分の姿を映して見ようとしても、そこには自分の姿はありません。まるで鏡に映っていないかのように。

夫に愛されない結婚生活の中で、また同じことが繰り返されるのです。房子は父と夫の鏡のあいだにいながら、どちらも自分の姿を映してくれません。房子が鏡の中に見いだすのは、自分の救いようのない孤独だけです。夫からも愛されず、自分の両親にも好まれず、孤独な房子の人生には母性しかないと思われます。ただし、彼女にとっては、母である姿にも、理想的な面を見いだすことは困難です。子どもたちに対しての房子の振舞いは母性愛というよりは動物的本能に近いからこそ、房子の肖像はより哀れに映り感動的なのでしょう。房子が初めて小説の中に姿を現わすときから、惨めさや孤独の印象が、胸を刺すように読者に伝わってくるのです。

「房子は國子を背負ひ、里子の手を引き、風呂敷包をさげて、電車の驛から歩いて來たのだつた。」［262］

惨めで、美貌でもない房子は、美しくて優雅な菊子とは、まさに正反対な上、ほかの家族ともあまりにもかけ離れた人物像のように思えます。房子がこの小説の登場人物の中でいちばん似ているのは、テルだと思います。

テルは人間ではなく、雌犬なのですが、『山の音』の登場人物の一人には違いありません。川端は、房子とテルを明瞭には比較しないのですが、平行関係を読み取れないことはないと思います。楽しみのない人生を生きてきた上、二人の子どもの責任を一人で背負わなくてはいけない房子は全身全霊をあげて、ほとんど動物的に、自分と自分の子どもたちの命を保つために、必死に残った力を集中しているようです。そのため、自分の野心や希望や夢、つまり精神生活を顧みることなく、物質的次元に生きることにしたようです。体はきれいで胸の形もいいのですが、自分はそのことを心得ていないようで、服装にも無頓着だし、赤ちゃんに乳を与える時も、その仕草は動物的な作業をしているように、無造作であり、女性的な魅力が周りの人に伝わらないのです。

テルには飼主がいますが、彼がろくに食べ物を与えないために、のら犬になってしまったのです。いろいろな家を訪ねたり、ときどき飼主の家に帰ったり子どもを産んだりして、どんな家にも長く落ち着きません。ある朝、子犬をつれて日だまりの中に居心地のいい場所を選んだテルを見た信吾は、そののら犬の智恵に感心します。信吾は、テルと子犬の「家庭生活」をおもしろく覗き込んでしまいます。人間の家族の行動が、動物の次元の犬の親子の姿の中に映し出されたかのようです。

「五匹が乳房を争つて突き退《の》け合ひ、前足の裏でポンプのやうに乳房を押してしぼり出す、子犬はきつい動物力をふるつてゐた。（……）（テルは）乳を飲ませるのがいかにもいやさうに胴を振つたり、腹を下向けたりしてゐた。テルの乳房は、子犬の爪で赤い搔き傷がついてゐた。」［336］

この場面は信吾に俵屋宗達の描いた子犬の水墨画を思い出させるのですが、この獣の母子のやりとりは房子の母としての苦闘を仄めかしているように読み取れるのではないでしょうか。しかし、菊子と微妙な感覚を通じ合うことを好む、別の次元にいる信吾には、娘の生存競争はあまりにも遠い出来事なので、わたしたち読者のように、母犬の姿に房子を投影して見ることなど、到底できないでしょう。

実家に子どもをつれて戻ったり、消えたり、田舎の家に行ったり、また涙を流しながら大晦日の夜に訪れたり、房子はいつまでも落ち着かない雌犬のように、猛々しさが、苦悩するやさしさに溶け込んでいるような存在なのです。

見えない戦争

小説の最初の場面の一つに、父と同じ会社に勤めている修一が、信吾の部屋に入って来て、本棚から適当に一冊の本を抜き出し、ページをぱらぱらめくり、何かに注意を惹かれて、父にその一節を朗読するくだりがあります。その本の著者によると、パリでは恋人同士は貞節のプレッシャーに耐えられないので、愛をもっと長く続けられるように、よく相互に他の人と浮気したりするという話です。『山の音』はこういう、いろいろな情報源（本、新聞、雑誌など）からの引用がいくつもあります。たいてい、些細な情報のように挿入されていますが、信吾にさまざまな連想をさせる大事な役割を果たしています。

信吾は、修一がその文章に感銘したはずはないのに、どうしてわざわざそれを興味深く読んでみせたのかと考えてみます。そして修一が信吾の部屋にいる女事務員と待ち合わせをする方策にすぎないという結論に達します。

行間を読み取れる読者は納得しません。どうして読者にすぐ直感で分かることが、信吾には分からないのか、ぴんと来ません。しかし、よく考えてみると、出来事の解釈を、読者と信吾という二つの平行線上に進ませることは、この小説で何回も用いられている川端の手段なのです。信吾と違って、読者は本棚で見つけた本に対しての修一の興味を偶然だと思うわけがないうえに、彼の朗読した引用で、修一という人物の一つの問題である不貞、つまり妻との問題が初めて紹介されていることに気づきます。信吾と修一のあいだにあるこの短いやりとりのおかげで、私たちは二つのことを理解できます。ひとつは、信吾には、思いの流れがいかに意識の深い層に至っても、いくら微妙なことが分かっても、時にはまったく理解できない、いや、どうしても見えないことがあることです。もうひとつは、修一が「一人の女性を愛しつづける苦しさ」に堪えられないことです。もちろん、小説のこの段には修一の不貞のテーマは暗示されるだけで、またしかるべき時期に、作家はこの点に戻って深入りします。

実現できない夢に自分の人生の大事な部分を捧げた信吾には、息子の、配慮にかける女に対しての態度は理解しにくいのです。若い妻がいながら、愛人を囲って、さらに他の女と遊んだりすることに、合点が行かないのです。信吾と修一のあいだの、こういう話はよく出てきます。修一は浮気を否定しませんが、自分の立場の言い訳も説明もしようとしないのです。信吾は息子と嫁の不幸な結婚を救いたい気持ちで、息子の世界を覗き込み始めます。修一の愛人との関係をもっと詳しく知るために、修一と付き合いのある若い事務員の英子《えいこ》を誘って、彼女と踊りに行きます。

信吾は、ダンスホールで二十二歳である英子といると肉体的感覚を抱いてしまい、彼女の小さな乳房が信吾に鈴木春信の春画を思い出させます。父の役をつとめようとしているのに、自分の男としての面があらためて呼び起こされてしまうのは皮肉なことです。

その後事務所で彼女と会ったとき、その官能的な気持ちや若い息子の性生活を探索する動揺が重なり合って、信吾に不安の念を起こさせます。その上さらに、英子から修一の愛人の詳細を初めて聞き、息子と愛人の関係のエロチックな性質が露呈されると、混乱してしまいます。無意識に性的欲求のノスタルジアが現われてくるのでしょう。その日の夜、信吾は「肌さびしくなり、人肌戀しくなつた。」[294]

愛人との状況は直接に息子から聞けないだろうと思って、信吾は詳細を知っていそうな英子に問いただす決心をします。しかし、彼女からの情報はどれも信吾をいらいらさせたり、不安を与えたりします。それは、息子の不倫関係が現実的になったからと言うより、父がまったく知らない息子のイメージがだんだん浮き上がってくるからでしょう。愛人の名前が絹子《きぬこ》であり、彼女は女の友人と同居していると、信吾は初めて聞きます。英子によると、修一は絹子の家を訪ねるとき、ひどく酔っぱらい、絹子の友人にむりやり歌わせたり、絹子をいじめたりするらしい。そういう修一を知らない信吾には、その話はたいへん大きな驚きです。信吾は英子に絹子の家まで案内してもらいますが、玄関まで来ても、中に入る勇気はなかなかもてません。その家が息子の秘話が保管されてある金庫のように思われて、信吾にはまだ押し入る覚悟ができていないのです。

お気に入りの息子の修一に何が起こったのか、信吾には分かりません。彼は若い妻を裏切り、人の家で乱暴をし、不愉快なことばかりをしているのです。何が修一をそこまで変えたのか、信吾にはどうしても理解できません。信吾が知らないうちに、修一の人生にブラックホールができてしまったのです。そこに修一のすべての喜びや優しさや道徳心などが消えてしまったようです。信吾はそれが分かるまでに時間をずいぶん費やしますが、少しずつ分かるようになります。そのブラックホールは、戦争だったのだと。

第二次世界大戦を経験しなかった人であっても、もちろんその戦争のことを、本や雑誌や記録映画や生き残りの人の話を通して知っていますが、めいめいの戦争のイメージの形成にいちばん貢献したのは、フィクションである映画や文学などでした。つまり、現実の領域を支配する歴史よりも、創作的な想像の賜《たまもの》である小説などは、私たちの第二次世界大戦の観念の形成に影響したかもしれません。もちろん、日本文学の中で、舞台が戦後の日本である作品は無数にありますし、戦争の結果を劇的に、圧倒的に描いた作品は少なくありませんが、その時期の不安定な雰囲気を、ほとんど間接的に、細かなタッチで、普通の家庭の成り行きを通して、これほどまで効果的に描いた小説は他にないのではないでしょうか。

この小説の中では、戦争は遠い響きのようで、日常生活の会話にほとんど出てきません。信吾の思いの流れにも、その形跡があまりにもないのは、驚くべきことです。しかし、言及されてないからこそ、戦争の存在はすべての登場人物の地平線を暗くする大きい雲のように迫っています。家族の会話と世間話に戦争の話があまり出てこないがために、かえってこの主題に関わっている緊張が伝わってきます。

敗戦は日本人の意識の中で、打ち勝つことができないショックだったので、やっと見いだされた平和をじゃまされないように、過去に溶け込んでしまい、透明になったように人の話から消されてしまったのです。戦争の話をまるでタブーのようにみなが避けるこの環境は、戦争の苦しみがおそらくまだ生々しく残っている修一にとっては、住みにくいのかもしれません。

読者は、戦争で修一に何が起こったのか、小説の最後まで分かりません。彼が命がけて戦ったのか、人を殺したのか、友人の死を目撃したのかまったく分かりませんが、修一が言い尽くせないほどの恐ろしい惨事を見てきたという印象は強く残るのです。戦後の平和が癒せない心の傷は、まだ彼を苦しませているように思われます。そういう傷だらけで帰ってきた人には、美しくて純潔な菊子と、どこかうまく通じ合うことができないのでしょう。

愛人の絹子と、一緒に住んでいる女友だち池田は、ふたりとも戦争未亡人です。この傷ついたふたりに修一は惹かれています。彼にとって、素直で可憐な妻より付き合いやすいのでしょう。信吾は、修一は訪れるとふたりをいじめるのですが、絹子も池田もそれぞれに残酷な遊びに参加してしまうことを池田から聞きます。池田と絹子には、修一の振舞いがもしかすると酒癖ではなく、戦地でした女遊びだと分かっているのに、いや、分かっているからこそ、ふたりともあまり反抗せず修一のいじめを受け入れてしまうのです。池田は修一の姿が亡くなった夫の姿に重なるので、修一の病的な遊びに加担してしまうのだと、信吾に打ち明けます。ふたりは、修一のプレイに付き合ううちに、だんだん自分自身への尊重を失っていくのです。夫に死なれた罪に対する罰を探しているのか、堕落の雑音によって内的な悲しみの音が掻き消されるよう祈っているのか、とりあえずこの状況から逃げられないようです。

絹子の家は、戦争が目に見えなくなった平和な日本で、修一と二人の女にとって、まだ癒えていない苦しみを演出できる、個人的な空間になっていたのです。

第2回　果たせぬ夢の領域

老いの顔を覗き込んで

川端の作品では、「老い」はしばしば取り上げられるテーマです。初期作品の『十六歳の日記』という短編に初めて出現し、『山の音』では中心的なものになり、そしてまた『眠れる美女』のような晩年の作品にも現われます。つまり川端にとって「老い」は、年を取って初めて発見し、興味を持ち出したものではなく、若い頃から既に関心を持ち、小説のテーマとして用いていたものなのです。

『十六歳の日記』が発表されたのは一九二五年ですが、川端の書いたあとがきによると、一九一四年に、十六歳の若さで書かれた作品で、二十七歳になった作家が蔵から発見して、いくつかの説明とあとがきを加えて、十六歳当時の文章のまま、紹介することになったのです。執筆の日付については論争がありますが、ここではこの問題に深入りするつもりはありません。注目してほしいのは、川端自身が処女作だとするこの短編において、もう

「老い」についての正確な観察がなされていたことです。

『十六歳の日記』では、十六歳の「私」の、七十五歳である祖父との二人暮らしが描かれています。作家自身の人生にもとづいて書かれたこの作品中の「私」は、少年の川端と考えられています。川端の不幸な幼少年期のことは一般に知られていると思います。二歳で父が、三歳で母が、七歳で祖母が、十歳で姉が亡くなり、祖父と二人だけになりました。さらに、肉親の最後の一人であった祖父は、病気であり、盲目であり、死にかけていたのです。川端の経験した、こういう堪え難い生活は短編の中で「私」を介して語られています。祖父が孫に話す時、「死人の口から出そうな勢いのない声だ」ったり、言葉も矛盾撞着していたり、意地悪くなったりした上、「私」が祖父の下《しも》の世話までしなくてはいけなかったのです。

もちろん「私」にとって、看病はたいへんつらいものでしたが、それをしつづけながら、絶え間なく祖父の様子を観察して、その鋭い感受性で細かいところにまで気づいて、少年である「私」は、あたかも老いの秘密を盗み取りたがっているように、綿密に日記に記録しました。少年が祖父の衰えていく体のひどい兆しを書きながら、老いの恐ろしい顔をじっと眺めているかのように。

「祖父は脚も頭も、くしゃくしゃに着古した絹の単衣物のように、大きな皺が一杯で、彼をつまみ上げると、そのままでもとへ戻らない」。このような、彼の厳密な所見を読んでいると、十六歳の少年がこんなにも冷静に、死にかけている祖父の様子を記録できることに驚くかもしれませんが、その注意深い観察こそ、「私」の生存を維持する方策だったのではないでしょうか。祖父の死に至るまでの約七年間の二人暮らしは、少年の川端にとって、老いを見つめる特異な展望台になったに違いありません。

こういう風に幼い頃から、ごく近くで目を逸らさずに老いを観察した川端が、自分も老いに近づき始めた時、改めて作家として老いのテーマに戻ったことは、さほど不思議ではありません。それでも、『山の音』を書き出したとき、川端は五十歳、今の私たちと比較すると、老いが近づいてくる気分になるには、少し早く思われます。しかし、『山の音』が書かれた一九五〇年代と二十一世紀の現在では、年齢の感覚がものすごく変わっています。平均寿命は、戦後、想像ができないほど延びました。それにともなって、六十歳の境を超えた人の生きることへの期待と興味の幅も、大きく広がってきました。

最近、ローリング・ストーンズが久しぶりにワールドツアーを開始したことが話題になり、ボストンで行われた初公演のレビューで、六十二歳のミック・ジャガーがロック音楽の強烈なリズムに乗って、激しいダンスのパフォーマンスを見せる若々しい姿がメディアを騒がせました。もちろん芸能界は普通の人の環境とは違いますが、ミック・ジャガーは、六十歳を迎えた現代人のバイタリティーの象徴としてあげられると思います。

もし信吾をむりやりタイム・マシーンに乗せて、赤い大きなベロがプリントされた黒いTシャツを着たミック・ジャガーの横に並べてみたら、二人はどうしても同年代の人には思われないでしょう。ですから、『山の音』を書き出した時の川端の気持ちを理解するためには、今日の六十歳のイメージを忘れて、老いというテーマを戦後の文脈に位置づけなければなりません。五十歳の川端にとっては、老いが自分の水平線に現われてくることは当然だったし、それに立ち向かうために、準備を早めに始めなくてはいけないと思った気持ちも理解できるでしょう。この視点から見ると、川端にとっての『山の音』は、自分自身の老いのリハーサルだと思われます。子どもの時、観察と執筆という武器だけで老いの恐ろしさに立ち向かったように、今、自分に近づいてくる老いを真正面に見据えて、再び観察と執筆という手段で、今度は信吾という登場人物に投影される老いの兆しの特徴を冷静に語ります。そうすることによって、川端は自分の老いだけではなく、普遍的次元としての老いの見取り図を描いているかのようです。

ほぼ十年後、六十一歳のとき、川端は『眠れる美女』を書き始めますが、そちらの主人公江口は六十七歳の老人です。自分がまだ達していない年齢のリハーサルとして、死の一歩手前にある老いの秘密の空間を覗き見るかのように、作家は時計の針を先に進めて、やはり自分より年配の人物を語るのです。『眠れる美女』の舞台は既に男性の機能を失った老人たちのための特別な売春宿です。その客を、宿の女は「安心出来るお客さま」と呼びます。娼婦は眠り薬で前後不覚に眠らされた若い女性たちで、老人のお客さんはその娘たちの裸体の傍らで夜を過ごします。しかし、江口はまだ「安心出来るお客さま」になっていないことを宿の女に知らせていません。つまり、彼にはまだ男の機能があります。それでいて、「もはや老いのみにくさが迫り、この家の老人の客たちのようなみじめさも遠くないと思っている」。したがって江口という人物も、作家の川端と同じように、時計が時刻を打つ前に、老いの空間に入り込もうしているのです。

『山の音』と同様に、老人の主人公の記憶と思いは音楽のようにずっと流れていて、物語はその音楽の結晶化から生まれてくるのです。しかし、信吾の内面は同心円のように、まず家族に、そして外界や社会に広まり、やがて彼の個人的なドラマは戦後の日本のドラマの比喩にまでなってしまいます。ところが、『眠れる美女』では、小説の動きは反対方向に進んでいるのです。物語は外界から始まり、そして社会や周りの環境、徐々に江口の内面に吸い込まれていきます。世界のすべてが抵抗できないほど強く思いや記憶の求心力に引かれていくのです。

この二つの作品に描かれた家は、それぞれにこの状態を反映しています。『山の音』の家は外界に投射されていて、信吾が家にいる時にも、眠れない夜に山の音が聞こえてくるシーンがよく表わしているように、彼の自然とのダイアローグは続いています。『眠れる美女』に描かれている家は、秘密めいた暗い場所で、特に江口がいつも眠れる娘たちと横たわる、真紅のビロードのカーテンをめぐらせた寝室は、まるで刑務所とも劇場とも言えない不安な閉じた空間です。つまり、『山の音』の自由であった空間は、『眠れる美女』では息の詰まるような、閉鎖された空間に変化するのです。

あるひまわりの短い人生

毎日のように通る帰り道、ある日信吾の注意は、よその家のひまわりに引かれます。ひまわりはひとりで門口の脇に立っています。信吾はその大きくて立派な花を感心して見あげています。そのとき、買物籠をさげた菊子がやってきて、ふたりは挨拶を交わします。そして、そのままいっしょに帰らず、何かに引きとめられたように、ふたりともひまわりの前に留まってしまいます。菊子はひまわりに注意を集中している舅《しゅうと》の態度に興味をそそられたようですが、信吾は、修一を連れて帰らなかった罪悪感をぼんやりと感じているのです。

信吾はひまわりを見ながら、あまり深く考えないで「みごとなものだろう」とか「偉人の頭のようじゃないか」とかいうコメントを加えますが、そう言ってしまったあと、彼には花の「大きく重みのある力」が感じられます。と同時に、花の自然力に圧倒された信吾は、その量感にふと「巨大な男性のしるし」がひょっこり現われた思いをします。そして、ほとんど自動的に、彼の心に女性のイメージが浮かんできます。「しべの圓盤のまはりの花瓣が、女性であるかのやうに黄色に見える。」〔267〕

自分にそういう「変な」連想をさせたのは、間違いなくそばにやって来た菊子だったと、信吾には分かります。そういう思いは義父が嫁に言えないことだというのも、よく分かっています。したがって、話題を少し変えて、自分の頭がぼやけて、ひまわりを見ても人間の頭を思い出させられるという説明を菊子に聞かせます。もしできれば自分の疲れた頭を病院に預けて、脳を洗ってもらいたい、と。納得がいかない菊子は、「お父さま、お疲れなんでせう」とだけ言います。そういう「脳の洗濯」の話はとっさの作り話ではなく、実際に電車のなかで信吾が空想したことですが、さすがに口に出しては言えない男性と女性についての空想の代わりに、意識の倉庫に蓄えてあった情報の中から素早くそのすぐ下の層にあった想念を選んで、それを菊子に与えたのです。家族の中でいちばん信吾を理解できるその菊子にも言えないことが、いくつかあるのです。

このエピソードから小説は四方八方に枝を張っていきます。さまざまな夢や思いや出来事などが後から後から出てきて、ひまわりのモチーフは、物語の流れにのみ込まれ、沈み、消えてしまいますが、数日後、またふと浮き上がってきます。隣の葉鶏頭《はげいとう》についての保子の不意な言葉は信吾に、同じように隣の家にも植わっていたあのひまわりのことを思い出させます。読者はここで初めて知ることになるのですが、その間にひまわりは、風に吹き切られ、地面に叩き付けられていました。

このひまわりのモチーフの再現は、交響曲における遠ざかったり戻ったりする主題のように、作家の優れた技術を証明しています。文体自体が模倣能力を発揮して、信吾の記憶を真似るのです。信吾のテンポに合わせ、彼の鈍った記憶と同様に込み入った道をたどり、忘れていたことを急に意識の中から取り出したりします。文体も、信吾の記憶のように、ふっと消えたり突然灯ったりするのです。

しかし、ふと浮かんできたひまわりのイメージは、もはや信吾にとってはすべての魅力と光をなくしていました。短いあいだ信吾を興奮させたひまわりと男のしるしの連想は、一転して、否定的意味を持つようになります。あの立派だった花は嵐に吹きちぎられ、まるで切り落とされた人間の首のように、道ばたに、生命を持たず幾日も落ちたままになっていました。少しずつ変わってゆく花の姿を、毎日行き帰りに、いやでも信吾は見ないではいられません。「まはりの花瓣から先づしをれ、太い莖も水氣を失ひ、色が變り、土にまみれて來た。」〔299〕首を失った後、残された茎の下の方は門口の脇に依然として立っていますが、葉さえもついていないひまわりは、男性の力強い象徴から寂しさと無気力のイメージへと変身をとげたのです。

信吾の心理の中枢に触れるためには、読者は信吾の視線のゆく先に絶えず注意していなければなりません。川端は心理学の武器をあやつるより、信吾の内的次元を、彼の視線が向いている所に投影してみせます。信吾の希望から失望に至るまでの過程は、信吾が行き帰りに見るひまわりにすべて刻まれているのです。彼の視線の奥でひまわりの短い人生と自分のはかない栄光が一致します。

ひまわりのシーンがある章は現在「蟬の羽」といいますが、雑誌に発表されたときのタイトルは「ひまわり」でした。単行本にまとめる時、川端がタイトルを変えたのは、ひまわりの象徴的な重みを軽くするためだったのではないでしょうか。「ひまわり」から「蟬の羽」への改題は、読み手の焦点を信吾の内的次元から、蟬の羽をお母さんとおばあさんに切ってもらう孫の里子《さとこ》の幼い残酷さへとずらすものです。おそらく、川端はこの大事なシーンを余計に強調したくなかったのでしょう。

信吾と菊子のあいだに交わされる言葉より、発せられない言葉のほうが意味深いです。ひまわりの前で発言されない言葉が、それぞれの心に湧き出し、お互いに通じ合います。

ふたりのあいだで言えないことの分量が増えていくにもかかわらず、信吾と菊子のコミュニケーションは深まっていくのです。ただ、両者の対話は日常会話のレヴェルから離れ、もっと内的なチャンネルに移行します。そして、二人だけの世界が生じていきます。

信吾と菊子の秘密の花園

どんな人間関係においても、言葉で表現できないことを目で伝えることは多いでしょう。言葉を使えるときも、目は口にしたことを強調したり、補強したり、あるいは否定したりすることがよくあります。つまり、視線は口頭表現を取り替えたり補完したりする能力があるのです。視線の表現能力が、目の物理的限度を超えることは神秘的なことです。世界中のいろいろな言葉にある「目は魂の鏡」や「目は心の窓」というような言い方が、そういう独特な目の能力を認めていることの証明でしょう。ありふれたメタファーかもしれませんが、人の目は本心を有効に表現するのです。身体はある程度、嘘の技術を習得できるのですが、目だけは心の悩みや喜びや不安などを隠すことがうまくできません。したがって逆に言えば、恋人同士のコミュニケーションの場合では、目でいろいろ大事なメッセージが交わされます。相手の目で愛のほとんど限りないヴァリエーションを読み取れるので、恋人たちにとって互いに目を見つめ合うことは、限りない感激の源泉なのです。

信吾と菊子、このふたりのあいだにある感情は、通常の恋人同士がお互いに抱いているより繊細かつ複雑で、ふたりにとっては、互いに目を見つめ合うより、同じものを見ているということが大切です。信吾は、保子に対しては、そういう気持を抱いたことはないのでしょう。信吾と保子は相互に助け合うのですが、それは相互依存の関係で、共通の子どもたちへの責任や社会的な義理に基礎を置いています。ふたりのあいだに連帯感があるとしても、信吾にとって、保子は気心の通じ合える仲間ではありません。夫婦はいろいろな話を仲良くするのですが、信吾は保子と、自分が毎日発見する自然の小さな奇跡を分かち合いたいとはまったく思いません。そういうものを、菊子だけに見てほしがっているのです。恋人同士は、ふだん相互の視線の遊びで相手の愛を確認しますし、相互の感情がふくらむのを感じ、何とも言えない楽しさを味わっていますが、信吾と菊子はそうではなく、静かに同じものを見て、それについてあまり大切ではないコメントを言ったり、相手にやさしくしたり、されたりするだけで、相互理解の欲求が満たされるのです。

ある日、菊子は茶の間から見える公孫樹《いちょう》が芽を出していることに気づき、それを言ってみると、信吾は驚きます。「あのやうな大木が、時ならぬ芽を出してゐるのを知らずに過すのは、なにか菊子の心に空白があるやうで、信吾は氣になつた。」[295-296] 信吾は自分がずっと前から見ていたものを、菊子が気づかなかったことに、なかなか納得できません。

うっかりしていた菊子をやさしく叱ったところ、菊子はこれから信吾の見るものは、なんでも見ておくように気をつけると答えます。

「自分の見るものをなんでも相手に見ておいてほしい、そのやうな戀人を、信吾は生涯に持つたことはなかつた。」〔296〕

信吾にとって、菊子の魅力はいくつもの要素からなりたっていますが、微妙な感受性が時代の社会環境にいつも繋がっているこの小説では、日本の伝統が失われていく悲しみをも感じる信吾が、菊子の美しさや可憐さの中に、個人的な資質に加えて同時に、歴史的な意味をも感じているのではないかと、読者に訴えているように思えます。

『日本近代文学大事典』では、菊子という人物について「しとやかでやさしく、しかもどこか凛とした気魄を感じさせる伝統的日本女性の典型として描かれている」と書かれてあります。小説の中で菊子が明白に伝統的日本女性のイメージに関係づけられることはありませんが、たいていの読者は、この定義に同意するでしょう。菊子という人物に川端は、平安時代から伝えられてきた日本の美の本質を吹き入れているようです。川端は日本美について幾度となく書いていますが、私の考えでは、彼のいちばん感動的な日本美の定義は、ノーベル文学賞授賞式の席上でした演説にある『伊勢物語』の在原行平《ありわらのゆきひら》の「あやしき藤の花」との比較だと思います。

「藤の花は日本風にそして女性的に優雅、垂れて咲いて、そよ風にもゆらぐ風情は、なよやか、つつましやか、やわらかで、初夏のみどりのなかに見えかくれて、もののあわれに通うようですが、その花房が三尺六寸となると、異様な華麗でありましょう。唐の文化の吸収がよく日本風に消化されて、およそ千年前に、華麗な平安文化も生み、日本の美を確立しましたのは「あやしき藤の花」が咲いたのに似た、異様な奇跡とも思われます」

菊子も、藤の花のように、日本風にそして女性的に優雅、なよやか、つつましやか、やわらかで、日本美そのものではないでしょうか。成瀬巳喜男も同様に思っていたかもしれません。『山の音』を映画化するにあたって、菊子の役には日本の純粋な美の象徴であった原節子を配したことも意義深いことです。

公孫樹のシーンに戻りましょう。信吾と菊子は茶の間から眺め続けています。同じ時、同じ所で、ふたりが同じものを見ている喜びは、それぞれに孤独を深く感じる舅と嫁の心を暖めているにちがいありません。ここで信吾は、公孫樹が桜より強いところがあると感心して、「あんな老木が、秋になつてもう一度若葉を出すには、どれほどの力がいるものだらうね」［297］と言います。しかし、菊子にとっては、老木の力強さより葉のさびしさが印象的な様子です。日常生活にいくらでもある会話に見えるのですが、注意深く読み込んでいくと、表面には浮かんでこないもっと深いところにある気心の通じ合い方を感じ取れるのです。信吾と菊子が観察するのは古い公孫樹に違いありませんが、実際は信吾はその見慣れた風景にある公孫樹に自分のイメージを見ているのではないでしょうか。年老いて、嵐に葉を吹き払われ、しかしまだ強いところがあり、新しい芽や葉をだす力もありますが、やはり葉は少なくまばらで、朝日にたたずむ裸木にすぎないのです。菊子がその葉にさびしさを感じたことも驚くことではないのです。

ある日信吾は、菊子が流産したことを修一から聞きます。そこで実家に帰ってしばらく会ってない菊子に電話して、新宿御苑で会う約束をします。

新宿御苑には若い男女連れがたくさんいて、信吾は最初は落ち着かないのですが、見慣れた家の環境と違う場所で菊子に会うのは新鮮な気持ですし、とりあえず流産のことには触れないで、二人で枇杷《びわ》や杉、美しい松や芝生などを楽しむだけです。高い百合《ゆり》の木（別名、チュウリップ・ツリイ）にひかれて、その木に近づくうちに、「聳え立つ緑の品格と量感とが信吾に大きく傳はつて來て、自分と菊子との鬱悶を自然が洗つてくれる」［450］のです。いっしょにいるだけで、ふたりそれぞれの孤独と不安が慰められているかのようです。

信吾と菊子の相互理解は、共感というより思いやりに近いのでしょう。信吾と菊子は文字通り、お互いに相手の思いを気遣ったりするのです。つまり、注意や愛情、優しさ、慈しみなどを提供し合います。毎日そういう風に相手の見るものをすべて見ておくように気をつけながら、信吾と菊子は生きていきます。思いやりの投影とでもいうかのように、ふたりの視線の対象である自然のイメージが、少しずつ心の空白を満たしていきます。ふたり以外の誰にも見ることのできない、あたりの空気をかぐわしい匂いで満たしている美しい花々を育て上げた花園で、この魔法が解けないかぎり、信吾と菊子は生活してみるのです。

ヰタ・セクスアリス

夕飯の席で娘の房子が、「お父さまは、菊子さんにやさしくていいわねえ」〔276〕とうらやましそうに言います。母の保子は、無視すればいいのに、自分も親切な菊子にやさしくしているつもりだと答えます。信吾は、保子の言葉が恵まれていない娘より、恵まれた嫁を好むことを表わしていると思い、まったく余計な返事だったと感じます。菊子は素直に赤くなります。修一の、菊子が彼にだけはやさしくないという冗談も、折り悪しく聞こえます。そして信吾は、黙って自分の瞑想にふけります。

この短いやりとりは、小説においていくらでもある家族の会話の一つのサンプルにすぎませんが、尾形家という小宇宙の要素のほとんどすべてが含まれています。どんな家族にもありそうな会話、爆発こそしないが、緊張の雰囲気を作る中途半端な攻撃性にあふれている態度や批判などのこういう繰り返しから、尾形家もまた世界中のすべての家族同様に、逃げられないようです。このシーンがよく表わすように、家族の一員はみんないっしょにいるとき、いやでも家族の中であてがわれた自分の役を演じ続けるのです。

恨みを持っている房子も、正直であっても思いやりにかける保子も、素直な菊子も、冗談のつもりでもいやみたっぷりに聞こえる修一も、すべてを分かっていながら何の解決も提供できない信吾も、みんなそれぞれに自分の限界からは逃げられません。その成り行きを変える力が存在しうることなど、誰も夢にも思わないかのようです。

しかし、この会話は信吾にとって、さらに一滴の毒を含んでいます。それまでは、信吾の菊子への好意はみんなが知っていても、当たり前のことだと思い、何も言わなかったのですが、房子にそう言われてみると、信吾は不意をつかれた気がします。自分のちょっとした秘密が暴かれたようで、奇妙なさびしさを味わってしまいます。房子の言葉には、不注意な攻撃性が確かにあったのですが、彼女に自発的にお父さんを傷つけるつもりなどはなかったでしょう。ただ、他人の幸福なところを発見する不幸な人の的確な勘で、無意識にその部分にだけ焦点を合わせて、お父さんの急所を突いてしまったのです。

ここにきて再び、誰かの不用意なコメントから、信吾の思いが四方に広がり、物語もそれにつれて新しい方向に発展するのです。信吾の菊子への好意は周知の事実であるにもかかわらず、自分の秘密を突かれたような羞恥心にも似た感覚は、月並みなエピソードには不釣り合いかもしれません。しかし結局、この信吾の当惑は、自分と菊子の関係を考える、またとないきっかけになります。まず信吾にとっては「鬱陶しい家庭の窓」〔277〕なのです。彼は自分の父親としての失敗や人間としての欠点などが、いくらはっきり分かっていても、菊子には自分の存在が許されるものと感じます。若い嫁を見るだけで、信吾はほっとするのです。そして彼女に優しくするのも、「信吾の暗い孤獨のわづかな明り」〔278〕だからです。川端にあって、こんなふうに連続して二つの似たような比喩を用いることは珍しいので、おそらくは信吾にとっての菊子の精神的な特質を強調したかったのだと考えられます。菊子の光はまるで天使のように、信吾の道だけではなく、信吾その人をも照らすのです。

しかし、信吾にとっては菊子は天使のような存在でありながら、信吾は菊子に女としての魅力を感じずにはいないのです。肉でできた実在の女であることは、信吾はよく分かっています。けれども、その気持ちが誰にも告白できない気持ちであり、自分自身でさえも容易には認められない感情であることはいうまでもありません。それは年甲斐《としがい》のないことですし、さらに信吾の父親としての責任感のようなものがその感情を拒むのです。それでいて、いくら胸の奥底に秘めているつもりでも、その気持ちはさまざまな瞬間に、さまざまに形を変えて浮き上がってきます。最初は、何層もの意識の層を通して、信吾には弱く聞こえてきます。その和らげられた響きでさえも認めたくない信吾は、自分のこころから遠ざけようとしますが、その意図に反して徐々に信吾の菊子への感情はより官能的な輪郭をとるようになります。

そういう信吾のこころの動きの例をもうひとつあげてみます。場面は尾形家の庭で、さきほどの家族のシーンの続きです。信吾が家の中に戻ろうとしているところ、菊子に呼び止められて、踊りに行ったことについて思いがけない質問をされます。房子のコメントの余韻がまだ消えていない信吾は驚きます。

同時に谷崎英子という会社の若い女事務員と踊りに行ったときの映像や気持ちが浮かんできます。「英子は二十二なのに、ちやうど掌いつぱいくらゐの乳房らしい。信吾はふと春信の春畫を思ひ出したりした。」[279] その一時的なフラッシュバックが消えると、すぐ信吾は「こんどは菊子と行かう」と、この嫁に向かって言います。信吾を呼び止めたときから顔を赤らめていた菊子は、舅の招待が冗談かどうか分からないままに、照れながらそれを受け入れます。

英子と鈴木春信の春画のあいだに抱いた性的な連想に、菊子をとりこむことを信吾はあえてしませんが、春画への言及の直後に菊子を踊りへ招待するのは意味深いことです。信吾の意識は性的な妄想に菊子を繋ぐ一歩手前で止まりますが、彼の潜在的な欲求は違うかたちで滲み出てしまうのです。

また、有名な能面のシーンでは、信吾のこういう婉曲な心の動きがふたたび現出します。菊子が黒百合の花を生けようとしています。信吾はその花を手にとって、菊子からその花をもらった事情を聞きながら、しばらく花をじっと細かく観察します。そして嗅いでみて、「いやな女の、生臭い匂ひだな」［412］と、うっかり口に出してしまいます。

みだらな匂いという意味で言わなかったようですが、菊子はまぶたを薄赤らめて、目を伏せます。ひまわりのシーン同様に、信吾は花をじっくり観察したことで性的な連想を起こし、抵抗できない刺激を受けて、思わず余計なことを口にしてしまったのです。そのとき信吾は、本心を洩らさず、差しさわりのない話をして、無事に菊子との会話を終えましたが、今回は、自己を制御できないようです。実際、間も置かず、友人の未亡人から買った慈童の能面を取り出してくるように頼みます。菊子は、信吾が自分につけて欲しがっているると承知しているかのように、その面を顔にあてるのです。そして、「艶めかしい少年の面をつけた顔を、菊子がいろいろに動かすのを、信吾は見てゐられなかつた。」［414］

信吾が父性愛の境界を越えて、こんなに危うく男女の領域に忍び込むことは、これまでなかったのです。そして小説の時間が経つにつれ、信吾の菊子への感情に潜んでいる官能的な面を否定することはとうてい不可能になります。そういう信吾が認めたくない事実を信吾自身に悟らせるのは、夢なのです。奇妙でいやな夢なのですが、自分の意識の中でその夢の遠く曖昧な輝きを追い求めて、やっと霧が晴れると、信吾は他人には見せない本心に直面してしまいます。

夢のなかで、信吾は知らない女の乳房に触れています。性的な行為なのに、彼には愛も喜びもないし、相手もまるで反応しません。彼女の姿はぼやけていて、それが誰なのか分かる由《よし》もありませんが、信吾はそれが修一の友人の妹だと、ぼんやり思います。彼女に触れてみると処女だと分かって、夢の中の信吾はハッとします。目が覚めて、女を犯しかけたのだと分かります。信吾にとっては、「みだら」な夢を見るのは珍しいことではないようですが、夢の相手はなぜかだいたい「下品な女」です。その理由も分からない信吾はいろいろ考えて、また思いの流れに身を委ねるのですが、とつぜん稲妻のような直感に打たれます。夢で見た女は、修一の友人の妹の姿をしただけで、実際は菊子だったのです。

信吾の意識は夢の中で、一生懸命自らの欲望を隠そうとしていたのです。抑えられ、歪められていても、それが現われてしまった以上、信吾は心の底にある現実から目をそらすことができなくなってしまいます。菊子を、いや、結婚前の処女の菊子を愛することが、これまで気づかなかった、ずっと自分のなかに埋められてあった欲望でした。戦争の時から女との関係がなくなっていた信吾は、久しぶりに愛の可能性について考えてみます。その欲望を実現することは無理ですが、夢の中だけで、菊子を愛してもいいのではないか、許されるのではないか、信吾は自分にそう言い聞かせるのです。

しかし、この妄想もひまわりをじっと見ていた時と同様に、一時的で、抵抗できない現実的な日常に流され、保子の姉の思い出も住んでいる、失われたものや果たせぬ夢などがある遠い領域に消えてしまいます。憧れから欲望へこころの移動が始まったと同時に、信吾と菊子の別れも始まります。菊子のさまざまなイメージを自分の視線から遠ざける準備を、信吾は始めるのです。

第3回　『山の音』の彼方へ

眠りの言語と結婚の沼

夜。信吾の眠った意識に遠い音が響いてきます。息子の修一のうなり声なのですが、そうだとわかるまでに、信吾はかなりの時間を要します。まず、犬のうなり声のように聞こえてきます。テルが毒でも飲まされて、死にそうで苦しんでいるのかと、ぼんやりと信吾は思います。徐々に眠りの霧が晴れるにつれて、犬ではなく、人間の声、しかも、男の声だと分かります。なぜか、その男は「聞こう、聞こう」とうなります。たいへん苦しそうで、まるで首を絞められて殺されそうな声だと思ったところ、「菊子う、菊子う」と呼んでいるのだとようやく分かり、修一のうなり声だと悟るのです。

意識は、現実の物事を眠りの世界に移すために、眠りの言語に「翻訳」するものです。本人はその変化の行程を長く感じますが、実際はとても短い時間に行われ、通常の意識はいち早くそれを忘れてしまいます。しかし、川端は、その眠りから目が覚めた状況への推移に注目することにより、人間の心理について様々な発見ができることに気付き、信吾の心理を明白にするために注意深くそれを描写します。

いま「翻訳」という言葉を使ったのは、まるで一つの言語から別の言語へ訳す時のように、眠っている人は、頭の自動的な活動で、現実にもとづいた現実の言語で表現されたある現象の知覚を、その裸の本質に変え、もっと深い意識の層に移動させるからです。したがって、信吾の精神も、日常生活で積み重なった修一の外的なイメージを超えて、修一のうなり声を、毒をもられ死にそうなテルや首を絞められて殺されそうな男のイメージに「翻訳」したのち、やっと修一の叫びが聞こえるようになり、息子の絶望の核心に接することができます。つまり、現象の現実から遠ざかり、現象の真実に近づくのです。そのお陰で、自分の個人的な世界に引きこもっていた父親は、エゴの国境から初めて一歩踏み出し、息子の悲哀を実感することができたのです。

このシーンの続きは現実世界で行われるので、もう信吾はすっきりした頭で、修一と、酔っている夫を玄関に迎えに出ている菊子のやりとりを追えます。修一の声を聞いて、愛人との関係ももう終わりに近づきつつあるのだと思います。そして、菊子が、修一のその切ない救いを求めるうめき声を聞き、夫を許していることが分かり、安堵し、初めて夫婦の愛情の結びつきの強さを感じるのです。修一もまた、それまでは信吾にばかり甘えていた菊子に、初めて甘えられるようになります。

いろいろなことが始まったり、終わったり、変化したりするこのシーンは、尾形家、そして小説の中での分岐点と言えます。

とりわけ、酔っている修一の足を自分の膝にのせて、靴を脱がせる菊子の姿は、彼女たちの夫婦関係の変化、あるいは変化の始まりを示しているのです。無数の日本人の妻たちが無限に繰り返したこの行動が、修一と菊子の特別な結婚生活の中では、特別な意味を持ちます。菊子は、信吾のように、しかし異なった立場から修一の絶望を受け入れるのです。これからも、菊子はどれほど夫を許さなくてならないのだろうか、と信吾は思います。夫の罪を許すのは、伝統的な社会では、妻の任務でありほとんど運命だったのですが、川端はここでは、菊子がやっと妻の役を務めるようになったことをいいことのようには仄めかしませんし、ましてや伝統的な結婚観の賛歌を書くつもりもありません。作家の視野は次の重要な一節にはっきり表現されています。

またしかし、夫婦といふものは、おたがひの悪行を果しなく吸ひこんでしまふ、不氣味な沼のやうでもある。絹子の修一にたいする愛や、信吾の菊子にたいする愛なども、やがては修一と菊子との夫婦の沼に吸ひこまれて、跡形もとどめぬだらうか。

戦後の法律が、親子よりも夫婦を単位にすることに改まつたのはもつともだと、信吾は思つた。

「つまり、夫婦の沼さ。」とつぶやいた。

「修一を別居させるんだな。」〔381〕

信吾の結論は冷たく現実的です。すべての夫婦のように、修一と菊子を結びつけるのは、愛情よりもお互いの悪行を吸い込む必要性なのです。この協定は、お互いの必要性に拠っているので、どんなはかない感情よりも強いのです。結婚とはまるで、抵抗できないほどの強さでなんでも吸い込んでしまう「不気味な沼」のようです。修一のうなり声と菊子のやさしさに感動させられたばかりの信吾のコメントは、あまりに意外で読者の感傷主義《センチメンタリズム》を凍りつかせるでしょう。感動から冷たい思想への移動は驚くほど早いのですが、この短い一節に、川端はきらめくばかりの集約力で、いくつかの要素を関連させているのです。

まず、注目すべきところは、信吾のなかで、菊子のイメージが変化しつつあることです。信吾のなかで少しずつ変わってきた菊子に、もうひとつ新しい側面が加えられます。夫婦の一員として見た菊子は、夫の罪を許すだけではなく、自分も悪行を成せるし、それなりに、夫の寛大さを要求しもする人になっているのです。そして、修一と菊子が他の人に抱いた愛も、他の人に起こさせた愛も、すべて修一と菊子との夫婦の沼に跡形もなく消えてしまいます。

川端が、修一と菊子のあいだの、もっとも感情あふれるシーンを、結婚というものの恐ろしさを表現するために選んだことは、意味深長でしょう。戦後という特殊な時期における危機的な結婚は、日本の伝統的で安定した結婚と家庭が崩壊しつつある、という示唆であると同時に、他方では堅固な強さをも示すのです。戦後の日本の家族形態のはげしい変動の過程も、家父長制度的家族から核家族化への移動さえも包含して、この数行に凝縮されています。

このような一節を見ると、他の分野では到底不可能な集約的表現ができるからこそ、文学は、歴史学よりも、社会学よりも、はるかに深く歴史や社会の問題の核心に到達する迫力を持つのだと、感心させられないわけにはいかないのです。ここでは、信吾が、社会の変化を認識した結果として、親子よりも夫婦を基準に改訂された戦後の法律を思い出すことも、偶然ではありません。法律は、尾形家という一家族の運命にも繫がっているのです。それまで家庭の問題について何の決断も下せなかった信吾に、やがて責任をとる時期が近づいてきます。修一たちを別居させなくてはいけないことを、信吾は初めて実感します。そのことに関しては、おそらく、かつて修一の愛人の友だちである池田が、そうしたほうがいいと言ったことの影響もあります。当時の信吾は、同感しながらもその助言を差し出がましいと感じ、それを受け入れられなかったのです。

日本の、儒教の価値観に拠った伝統的な家庭は、信吾の目の前で壊れてゆきます。しかし、その価値観の特徴であった、仁義礼知信をすべて要約したともいえる責任感が、信吾の精神の深い淵から甦ります。修一が別居したら、菊子を失ってしまうことは分かっていても、親としての責任がある。皮肉なことに、その伝統に根付いた責任を果たすために、伝統的な旧来の家族の「かたち」を壊さなくてはならないのです。つまり、息子と嫁を親の家から離れさせようと仕向ける責任を負うのです。責任を回避しようとしたときも、信吾はずっと忘れてはいなかっただろうし、むしろ責任感を苦しいほど感じていました。ただ、自分の愛の要求と、親としての責務のあいだに揺れていたのです。けっきょく信吾は、彼の秘められた希望を犠牲にします。しかし責任遂行への抵抗感もまた、信吾の年代の気持ちをうまく表わしているのです。

誰でも知っている社会から、誰も知らない社会へ

親としての責任をめぐる正反対の例が、二作の日本映画に語られています。偶然、二つの映画を同時期に見た私は、ちょうど『山の音』の読解に集中していたこともあり、信吾

の責任問題が自然と脳裏に甦らざるを得ませんでした。

その一本は、小津安二郎の『父ありき』という古い映画で、いまではあまり見る機会はないかもしれませんが、芸術的にすばらしい映画であることはもちろん、その時代の日本社会についても多くのことを巧みに表現している作品だと思います。

これは一九四二年の映画で、儒教に拠った社会の価値観がまだまだ重視され、人生を支配的に導いてゆきます。妻を失った主人公の教師は、男手ひとつで息子を育てています。修学旅行先で生徒を一人溺死させてしまった彼は、責任を感じて辞職し、息子を寄宿舎に預けて、仕事のために一人上京します。親子は時折、いっしょに温泉に泊まったり、釣りをしたり、二人でいられる貴重な時間を楽しみます。時を経て、父親と同じように教師となった息子は、自分も上京して一緒に暮らしたいと言いますが、父親に今の仕事を大事にしろと言われるのです。やっとのことで、息子は時間を作り、東京へ遊びに行き、父親と少しの間いっしょに暮らし、幸せな時を過ごすのですが、急に父親が倒れます。病室で、死を目前にひかえた父親は息子に「うん……悲しいことはないぞ……お父さんはできるだけのことはやった」と言って、息を引き取ります。

父親は「できるだけのことはやった」ので、気持ちよく、眠りに落ちるように死んでゆきます。その父親の人生は、最初から最後まで、親や教師や市民としての自分の責任を果たすものでした。一度だけ失敗したと思ったときには、辞職さえしました。息子もまたいつも父親の言うことを聞き、結婚さえも、父の勧める相手とするのです。

『父ありき』とはまったく対極にある家庭が、『誰も知らない』という映画には描かれています。是枝裕和監督の作品で、比較的最近の映画です。実際に起こった事件にもとづいた映画で、母親と暮らすそれぞれ父親のちがう四人の兄妹の話です。

ある日、母親はわずかな現金を残しただけで、十二歳の息子にきょうだいを預け、新しい恋人と暮らすために家を出ます。お金はしだいに底をつき、食べ物もなくなり、頼れるはずの大人の世話も何も得られず、電気も切られます。すこしずつ子どもたちは堕落してゆき、ついに妹のひとりは死んでしまいます。逃避した母親の責任を肩代わりするのは、その十二歳の息子ですが、それは英雄的と言えるほどの行動であっても、社会構造のうえではいかなる制度にも属することを許されず育てられた十二歳の少年の力には限界があり、どんなに優しくても寛大でも、家庭を救えないのです。『誰も知らない』という映画のタイトルが暗示するように、責任を取らないのは母親だけではなく、社会のすべての成員です。後者の映画で描かれた世界では、誰もが誰もを知っている社会に属していた三世代家族は消滅しているのです。

人間と人間の相互存在にもとづいたそういう伝統的な日本家庭の典型を描写したものを、

文学と映画だけではなく、大衆文化のなかにも見つけることができます。その好例として、『サザエさん』という長谷川町子が名声を得た漫画があげられます。

もちろん『サザエさん』においては、戦後の家庭の、非常に和らげられた現実の描写が行われているにすぎないのですが、素直だからこそ、戦後の日本家庭の価値観がうまく反映されていると言えます。大衆漫画である『サザエさん』を、純文学の傑作である『山の音』と比較するのは奇妙に思われるかもしれませんが、尾形家にしても磯野家にしても一つの価値観を分かち合い、連帯感や助けあいや責任感を大事にしていた、ある意味では古き良き情愛の深い日本社会に属しているという共通点が見られるのです。もちろん、『山の音』と『サザエさん』はそれぞれ、その典型的家庭の、問題化されたヴァージョンと単純化されたヴァージョンを提供していますし、修一の別居が実現すれば、尾形家の道は、磯野家のような三世代構造からは、取り返しがつかないほど離れてしまうでしょう。

『誰も知らない』に戻りましょう。この映画で描かれた事件が実際に起こったものだとはいっても、現代日本の平均的家庭の現実からはもちろん非常に遠い話であり、極端なレベルで描かれてはいます。しかし、家族に対する責任からの「逃避」というテーマが、現代の社会問題であることは、否定するわけにはいかないと思います。

『山の音』に描かれている信吾の心理状況は、この二つの極のちょうど真中にあると言っていいでしょう。『父ありき』が撮影された一九四二年から『山の音』が書かれた戦後まで、わずかしか時間が経っていないのに、信吾の態度は、小津の映画で語られている父親の家族に対するコミットメントからは、何光年も離れているかのようです。しかし、けっきょくは責任の重さを感じて、辛うじてにせよそれを果たした世代を代表する尾形信吾は、是枝裕和の映画『誰も知らない』に描かれている責任感が失われつつある世界ともまた、果てしなく遠く感じられます。

比較的短いと言える限られた時間の中で、どれほど戦後の日本社会が変わってきたか、その距離感からとてもよく伝わってくるのです。

ゆがんだ春のめざめ

中絶した友だちを見舞いに行く菊子は、信吾といっしょに東京行きの電車に乗っています。外出することの滅多にない彼女は、窓の外を走ってゆく景色を見て、春の気配を発見します。信吾は、今年初めて咲いた梅を見た菊子の驚きを味わいながら、ふと菊子に妊娠しているかどうか尋ねたいという衝動にかられるのですが、なぜか聞けないまま、東京に着き、菊子とは別れます。

菊子が妊娠し、そのうえ流産するという予感が初めて信吾の意識をよぎったのは、菊子に友だちの中絶を知らせる手紙が届いた朝でした。堕胎した少女の夢から目覚めたばかりの信吾は、その手紙の内容が見た夢と符合しており、それが何かの暗示のように思えたのです。そして、「ふと、菊子も妊娠してゐて、中絶しようとしてゐるのではないかと、連想がひらめいて、信吾はおどろいた。」[388]

夢のもとになったのは、前夜に信吾が読んだ記事でした。「少女が雙兒を産む。青森にゆがんだ（春のめざめ）」[382] というタイトルの記事は、若い女性の妊娠と中絶について述べていたのですが、その分娩の実例も四件ほど書いてありました。幼少時代を過ぎたばかりの少女たちの妊娠のことは、信吾の夢に忍び込み、菊子の妊娠の予感を植え付けます。

数日後、信吾は同じ電車に乗っていますが、今度は、菊子ではなく、修一といっしょです。不機嫌そうだった菊子の様子が気になっている信吾は、病気なのかと修一に聞きますが、修一はたいした関心を示すでもなく、一、二日もすればよくなるだろうと素っ気なく答えます。しかし、信吾の執拗な問いに、じつは菊子が流産したことを打ち明けてしまいます。ショックを受けた信吾は、菊子にそうさせたのかと息子を責めますが、彼は菊子が一人でそう決めたのだと父親に説明します。それを聞いても、信吾は息子のせいだったと確信しています。流産は、菊子にとって、半ば自殺に等しいことと信じる彼は、菊子の魂を殺したと修一をつよく非難します。しかし、修一は良心にとがめを感じずにいたので、父親の反応の激しさに驚いたようです。

『山の音』では、信吾と修一の会話に価値観の相違がはっきり出てくることは少なくないのですが、これほど双方が立場を譲れないことは、初めてでしょう。ここで父親と息子は年齢が違うだけではなく、違う時代に属していることが分かります。憤激を押さえかねている父親に、修一はこう答えます。「僕だつて、子供はほしくないことはないんですが、今は二人の状態が悪いですから、こんな時には、ろくな子供は出來ないと思ひます。」［425］そして、修一のこの言い訳が、さらに信吾を怒らせます。菊子が妊娠したことは、信吾の考え方では、祝い事としか考えられません。いつまでも、その生まれなかった子供へのこだわりを捨てきれません。菊子の存在から発芽できなかった、無駄遣いされた種のように、愛おしく思い、姿さえ思い浮かんできます。「早くおろしてしまつた子の姿を、思ひ浮べられるはずはないのだが、信吾は可愛い赤んぼの類型を思ひ浮べたのだ。」［480］

修一の言う「状態」とは何のことなのか、信吾に理解できないのは当然です。その「状態」という概念を形成する要素は、信吾が育ってきた文化に属さず、現代的な価値観を伝えます。信吾には、修一の態度は「天を恐れぬ證據だ。人を愛さぬ證據だ」［424］と思えるのです。いっぽう、修一にとっては子どもの誕生は天から授かった贈り物としてありがたく受け入れなければならないことではなく、夫婦のそれぞれの都合によって、それぞれの状態によって実現できるか、あるいは受け入れないで、割と簡単に否定もできるということなのです。たぶん、誰の意見も聞かずに流産するのを決めた菊子にとっても、そうなのでしょう。

このように信吾が青森の少女たちの記事を読んだときから、彼の世界に死の影が少しずつ忍び寄るのと同様に、誕生の気配が、さまざまなかたちをとって、彼のまわりに広がり始めるのです。

菊子の妊娠とほぼ同時に、修一の愛人の絹子も妊娠します。信吾は絹子を訪れ、堕胎するよう説得をこころみます。子どもの未来のことはもちろん、修一と菊子の夫婦関係も心配してのことです。しかし、絹子は子どもをおろした菊子と違い、子どもを一人で産み、一人で育てることにします。菊子と絹子、同時に同じ男の子を宿し、反対の結論に達しますが、二人とも他人の意見を聞かず、自分で決めるのです。絹子には、尾形家のため、社会の規則を守るため、自分のなかに存在している子どもを犠牲にするつもりはありません。そして要求をあくまで通そうとする信吾に、こう言うのです。「なにもお願ひするわけはないけれど、産ませてやつていただきたいわ。お慈悲ですから、見のがしていただきたいわ。子供は私のなかにゐて、私のものですわ。」［494-495］やがて絹子は信吾の出した小切手を受け取るのですが、信吾はそのお金で彼女が子どもを産むのかおろすのか分からないまま帰ります。

信吾が絹子に中絶を望むのには、彼女に言った理由のほかに、より深い、もっと精神的な理由があると考えられます。それは信吾が遺伝子といっしょに修一に伝えた種が、家族の境を越えた、信吾も修一も支配できない遠いところに行ってしまうことへの恐れでしょう。誕生は希望であると同時に脅威でもあります。この二面性は、象徴的に二つのイメージを通して描かれています。

ここではまず信吾が夢で見た不気味なイメージが語られます。それは絹子がまだ出産していないうちに、菊子が二度目の妊娠をしているかもしれないという話を聞いたときのことです。夢の場面は砂漠で、そこに卵が二つならんでいます。一つは駝鳥の大きい卵で、一つは蛇の小さい卵です。小さい卵の殻は少し割れて、頭を出して動かしている小蛇は、信吾には可愛く見えますが、朝になって思い出すと、不気味な夢だったと、信吾は感じます。

このイメージと違い、穏やかで、安心させる、もう一つの誕生のイメージは少し前の新聞の記事に載っていました。その記事によると、昨年の春、弥生式古代遺跡で、二千年前の三粒の蓮の実が発見され、ある博士がそれを発芽させ、その苗を三カ所に植えて、一つは花を開いたというのです。

作家は、蛇の卵のエピソードの直後に、この話に移ります。菊子は蓮についての記事が二つ載っている新聞を、信吾に見せます。一つは、前の実験の続きにすぎませんが、もう一つは、ある日本人の博士が、満州（中国東北部）の泥炭層から化石のようになった蓮の実を発見して、アメリカに送ったと述べています。そして、最近ワシントンの国立公園で愛らしい芽を吹いて、池に移し植えられて、つぼみを二つつけ、薄紅の花を開いたということです。公園課は千年ないし五万年前の種だと発表しました。信吾は、千年ないし五万年という幅の大きい計算を笑いながらも、蓮の実の長寿と、その再生能力に驚嘆しないわけにはいきませんでした。

「千年にしても五萬年にしても、蓮の實の生命は長いものだね。人間の壽命にくらべると、植物の種子は、ほとんど永遠の生命だな」と言いながら菊子を見ます。

「私らも、地下に千年も二千年も埋まつて、死なずに休んでゐられるとね。」［510-511］

この永遠の春という観念は信吾のこころをつよく惹きつけます。しかし、人間の運命は、植物の永遠に再生する能力を、持ち合わせていないのです。人間の命はより短く、はかないものなのです。何千年も生き延びる蓮の実より、蛇の卵の殻に似ているのでしょう。砂しかない砂漠にいる、もろく、壊れやすいものなのです。

見知らぬ乗客

私はこれまでに何度も『山の音』を読みましたが、読むたびにいつも新しい発見がありました。ずっと分からなかったことが、何度も同じ小説を読み返すうち、とつぜん分かるようになったり、気がつかなかったことに気がついたりするのがどうしてなのか、これは文学の神秘の一つです。実際に小説は、まるで無限に変わりつつある景色のように、位置測定をするための基準点がいくつかあっても、改めて訪ねてみると、物事の場所がずれていたり、いろいろな要素の次元が変わっていたりします。

今回もまた、『山の音』を改めて手にとったとき、それまであまり深い興味を抱かなかったくだりが、初めて私の注目を引いてしまい、この小説は底知れない発見の泉であることに、またも驚かされました。小説の終わりの一歩手前にある、物語の流れを中断し、テキスト全体の流れに小さな、しかし深い裂け目をあけているこのくだりを分析するために、読者としての私の驚きの体験から語ることにします。

問題のくだりというのは「秋の魚」という最後の章にあり、二つの節（第二節と第三節）を占め、その前後にあって物語の発展に決定的であり、同時に終わりに導いてゆくという意味で重要な第一節と第四節のあいだに位置しています。

第一節で、信吾はネクタイの結び方を忘れ、自分に老いの喪失か脱落がおとずれたのかと思い、恐怖と絶望を感じます。この信吾の痛ましい事件を語ったばかりの川端は、いきなり話のトーンを変えて、毎日のように信吾と修一が乗る横須賀線の電車に舞台を移動します。小説の終わり近くまで来ている読者にとっては、川端が、ときおり脇道に逸れることに慣れているにせよ、なぜまたここで、平凡なエピソードを語るために本題から逸れているのか、その理由がよく分からないのではないでしょうか。まったく読者の期待に添おうとしない川端ですが、「おずれ」の話で小説を始めた時のように、ここでも自分の意図を完璧に把握しており、作家としての偉大さの証拠をまた一つ提供してくれているのです。

信吾と修一はいつものように、東京駅から横須賀線の電車で帰っています。ふたりは並んで座っているのですが、向かいの席にかけていた若い女がちょっと席を外す際に、修一に、席を取られないように見ていてくれるように頼みます。女は一つか二つか別にはっきり言っていないのに、なぜか修一は彼女に「二人分ですか」と尋ねるのです。信吾は、女が約束の相手を待っていると推察した修一の直感力に感心します。しかし、修一の質問に、女の答えは曖昧ですし、結局相手は現われず、女は一人で席に戻るのです。

本当に修一の直感が当たったのかどうか分からないまま、他の乗客をぼんやり見ていた信吾は、ようやくわれに返ったとき、自分の前に、女の父親のように見える男が座っているのに気がつきます。信吾は、女とその父親であろう男を観察します。女は厚化粧をして派手な服装で、その描写からは、戦後の日本に現われ始めた伝統的な社会の規則を守ろうとしていない女性のタイプであるかのように読み取れます。電車でうたた寝もせず、本に溺れてもいないときに、ほとんど自動的なほど無意識に前の席に座っている人について観察するように、信吾は彼女とその父親であろう男を見ながら、いろいろな想像をするのです。信吾にいちばん強い印象を与えたのは、ふたりの顔が異様に似ているところです。「父親も娘と同じに鼻が太くて、二つならべるとをかしいやうだつた。」〔525〕ふたりのおたがいに無関心のような態度（何の話もしませんし、見向きしません）をも興味深く観察します。しかし、意外なことに、電車が横浜駅に着くと、男に挨拶も何も言わず若い女だけが降ります。女と男は親子ではなく、赤の他人だったと分かり、信吾の妄想は一瞬にして裏切られてしまいます。それにもかかわらず、信吾の妄想は続きます。

今になって思えば、私がこの二つの節を疎かにしたのも、分かる気がします。そこに横たわるテーマと意味という点では、非常に濃密なくだりなのですが、同時に独立していて、さっと読んでも小説のあらすじを追えますし、終わりを鑑賞できます。したがって、忍耐が足りない読者の注意は、無意識的に深い読み方を避け、べつの機会まで先送りしてしまいます。

ここで私たちは、具体的な例をあげながら、もっと注意深くこのくだりを読んでみましょう。一つのシーンですが、著者は二つの節に分けています。前半、後半と呼びましょう。前半の節で女の最初の登場から女が降りるまでの話があり、後半の節では、がっかりした信吾の妄想と修一との会話があります。両方の節には、さまざまなテーマやモチーフが混合されていますが、前半の節から後半の節への移動は、舞台が変わらないのにもかかわらず、話の段階は急速に深まり、より微妙なレベルに推移してゆきます。そのわかれ道で川端の意図を追わないで、物語の流れに身をまかせるかどうかは、読者の自由によるのです。

男が電車を降りてから、信吾の不可解さはなおいっそう深まってゆきます。男と女は親子としか思えないほどよく似ています。信吾の妄想では、女にその男ほど似ている人間は、おそらくこの世の中には、他に誰もいません。男にも、あの若い女ほど似ている人間はきっといませんが、ふたりともおたがいの存在には無関係なのです。万に一つの偶然で、同じ電車に乗り、並んで座っていたのです。しかし、ふたりとも、鏡のように自分のイメージを反射する顔を持つ人間の存在に気がつかず、離れていってしまったのです。

「こんなのが人生か」と信吾はつぶやいてしまいます。何も気がつかなかった男と女と違い、その不思議な類似性を見た信吾の想像力はますます触発され、その出来事に囚われてしまうのです。信吾にとっては、あのふたりの実現しなかった出会いが、あたかも人生の喪失の繰り返しを象徴しているかのように思えます。

信吾は、先に女が降りてのち、修一に、女がしごく男に似ていたことへの注意をうながしていたのですが、男が降りてからもあきらめきれないようで、まだふたりの不思議が消えない信吾は、再び頑固にその話に戻ります。そして、さっきの妄想を今度は実際に声に出して、ふたりは本当に親子で、ただどこかよそに産ませておいた子どもであり、ふたりはおたがいに相手の存在を知らず、並んでも分からないのだと修一に言いますが、すぐに余計なことを言ってしまったと気づきます。

愛人を妊娠させて、子どもを認知するつもりがない修一への当てこすりに聞こえないわけがなかったのです。しかたなく、信吾は話を続けて、修一も二十年後、同じことになるかもしれない、と話を結びます。そうすると、修一は少しも怯えたふうでもなく、父親に自分の立場を説明します。女に子どもを産ませ、すべての責任を否定することに、まったく平気のようです。戦争で、中国や南方に落とし子が産まれているかもしれないが、戦いで耳のそばを通る鉄砲玉にくらべれば、なんでもないことだと言います。

修一が父親と戦争の話に触れるのは、これが二回目で、「傷の後」という章が初めてでした。そのとき信吾は、息子に人を殺したかどうか尋ねていて、修一は殺したかどうか自分でも言えないと返事していたのですが、その彼の言葉からは、何の感情も漏れてはいませんでした。しかし、今回は戦争の経験がいかに修一の感性に影響を与えたかが、少し滲み出てきています。それでも、息子の考え方を受け入れられない信吾は、戦争中と平和な時とはちがうと、反駁します。そうすると、修一はこう答えます。

「今も新しい戰争が僕らを追つかけて來てゐるかもしれないし、僕らのなかの前の戰争が、亡靈のやうに僕らを追つかけてゐるかもしれないんです。」〔530〕面白いことには、信吾はこのきわめて重要な返事をまったく無視して、子どもと女の話に戻るのです。一度だけ、ここにきて初めて、修一が父親との関係を覆っている平凡な会話の膜を引き裂いたことによって、そのうしろにある地獄の深さを覗き込め、その地獄の炎は過去に埋もれているのではなく、まだ修一のなかで、音もなく静かに燃え続けているのだと分かるのですが、信吾にはそれが分からないようです。息子のうなり声を眠りの意識の中で聞くことのできた信吾も、今回は現実を盾にして、息子の言うことを認めようとはしません。その後、菊子の話も少し出ますが、すぐに無害な、信州への家族旅行の話題に変わります。信吾は息子の世界に入るための貴重な機会を逃がし、修一の告白は、誰からも聞かれることなく、多くの物事と同じように、親子関係の沼に吸い込まれて、跡形もとどめないでしょう。

この二つの節でもう一つ興味深いところは、現実的な描写を通して、まるで巧みに施された透かし模様のように、メタフィクショナルなモチーフが見えてくることです。メタフィクションという言葉は、ポストモダン文化にみられる特徴のひとつであり、一九七〇年頃に小説の特別な技法を定義するために造られた用語です。ましてや、広く使われるようになったのは、川端康成の死後ですし、川端の美学とは不調和な用語に感じられるかもしれません。しかし彼の作品では何回かメタフィクショナルと呼びたくなるような仕掛けが現われるのです。

この点に触れる前に、「メタフィクション」という言葉を、ここでどういう意味で使うのかを、すこし説明しましょう。「メタフィクション」は、物語を生み出すフィクション（＝虚構）の機能を超越し、フィクションのなかで、作者が作者自身あるいは作品自体の存在や機能や意味などについて考察するフィクションを提示する技法を言うのです。もちろん、メタフィクションの定義はこれだけではなく、いくらでもあげられますし、この定義だけではメタフィクションのもつ言葉の多くの意味を究められないのですが、とりあえず今回は、この定義の幅で考えてみたいと思います。

川端の「メタフィクション」といっても、イタロ・カルヴィーノの『冬の夜、一人の旅人が』やウンベルト・エーコの『薔薇の名前』のようなポストモダン的傾向をもつ代表作と関係があるというわけではありません。カルヴィーノやエーコのこうした小説はきわめて自己言及的で、作家は最初から最後まで虚構の次元で存在していることを意識しており、読者にもそれを忘れることを許しません。川端の場合、そういう過度の意識はないし、作家も読者もフィクションであることさえ忘れて文学の流れに身をゆだねることができるのです。したがって、川端におけるメタフィクションとの関係は、ポストモダンの作家とは別の性質の問題なのです。簡単に言えば、川端は作家の創造的な過程に非常に興味を抱き、そういう過程がどういう風に実現されるかについて、文学エッセイだけでなく、小説の中でも考察しているのです。ポストモダン小説の典型的手法であるフィクション内フィクションという仕掛けを用いるまで行かず、川端は虚構の文脈のなかで、虚構がどういう風に生まれ、どのように発展するのかという過程について実証しているのです。須賀敦子の編んだ川端作品選集の美しい解説で使われた表現を借りると、「小説のはじまるところ」から、小説の完成するところまで読者を導いて、連れてゆくのです。

信吾の、親子に見えた見知らぬ乗客の観察に戻りましょう。電車に座っている信吾の意識の中で、周りの環境から入り込んでくる感覚（人の声、人の格好、人の身振り手振り、窓の外で流れていく道など）は、まるでガラスの上に描かれた二つの景色が重なる時のように、信吾の内的な次元に溶解し、さまざまな新しい組み合わせを生み出し、小説の中に新しい可能性が現われるのです。こういう過程の例を一つあげてみます。電車に大きいもみじの枝を担いで騒がしく乗ってくる五、六人の男の登場は、信吾の記憶と重なり、その葉の赤は、まるで遠い思い出に滲み込んで広がるように、信吾に、保子の姉が死んだ時仏間にあった、盆栽の紅葉を思い出させるのです。そこから、一つの物語の可能性が現われるのですが、作家はその可能性には一瞬しかとどまらず、それを発展させません。このときは信吾の想像に、記憶の険しい道を登らせることをさせず、前に座っている若い女にまた彼の視線を向けさせるのです。

信吾の観察から妄想への推移の中に、作家の興味深い創造過程を読み取ることができます。作家も、信吾と同じように、現実の領域から自分の想像をかきたてたイメージを抽出し、それを発展させます。ただ、電車の一乗客にすぎない信吾とは異なり、作家は、小説の種を孕むであろうその妄想を、人間の想像の無限の海に沈ませず、執筆という手段を用いて、小説を書き始めるのです。しかし、川端が言おうとしているのは、ある出来事の偶然の目撃者と作家は、途中までは同じような道をたどるということなのです。信吾もそれなりに、自分の小さな物語を創っています。女と男が親子ではないという現実を受け入れていたら、その妄想はそこで済んでいたのでしょうが、信吾はそれを受け入れることができず、その妄想を発展させ、小さな物語を創造していきます。そして、その物語は小説としての潜在的な可能性をいくつか含んでいるのです。

そっくりな男と女は、たまたま並んで座り、一度も顔を合わせぬまま別れていきます。信吾の創った物語の中では、二人は奇跡に恵まれたにもかかわらず、それに気づくことなく終わり、奇跡に参加したのは、第三者の信吾だけだったのです。この一節はまるでミクロロマンのようで、架空の長編小説の縮図を見ているかのようです。その中に描かれた奇跡は、まさに小説の種のようであり、川端はそれを選び、大事にし、内在する潜在的な可能性を発展させる過程を暗示します。着想を本格的な小説に仕上げることは、作家にしかできない奇跡なのです。要するに、この電車のシーンは、小説の考案の隠喩として読み取ることができるのです。この小説の種はここではそれ以上発展しないのですが、それでもそのおかげで、少なくとも私たちは川端の作業所に入ることを許され、彼の作風を覗き込める機会を与えられた気がするのです。

美しい耳、血まみれの耳

ニューヨーク州のバッファローという町で、一人の男が自動車事故で左の耳を落とし、医者は現場に駆けつけ、血まみれの耳を探し、拾い、その耳を傷あとにくっ着けます。その後も工合よく着いているらしい。この事件は、保子が読んでいる新聞の記事で語られているのです。廊下で横たわり、秋の陽にあたたまっている信吾には、家の中から女たちの気配が聞こえてきます。彼の前にある沓脱石の上には犬のテルも寝そべっていて、信吾は日曜日の午後の静けさを気持ちよく味わっているようです。

しかし、妻の声だけが、時折その平和を妨げます。十日分ほどの新聞を膝に積み重ねて読んでいる保子は、おもしろい記事があると、信吾に呼びかけ、聞かせます。そのことをあまりに繰り返すので、ついに信吾はいらいらしてしまい、保子に新聞の朗読をやめるように頼み、気だるく寝返りします。しかし、信吾は昼寝をしたいというより、床の間の前でからす瓜を生けている菊子をゆっくり観察したいように思われます。からす瓜をぼんやり見ている信吾の視線は、次第に焦点を菊子に合わせます。そして、いつものように、信吾の観察は微妙に妄想に変わってゆきます。またも、信吾は菊子の美しさに我を忘れて眺め入ります。とりわけ、首の魅力に心がとらえられます。

あごから首の線が言ひやうなく洗練された美しさだつた。一代でこんな線は出來さうになく、幾代か經た血統の生んだ美しさだらうかと、信吾はかなしくなつた。

髪の形で首が目だつせゐか、菊子はいくらか面瘦せして見えた。

菊子の細く長めな首の線がきれいなのは、信吾もよく知つてゐたが、ほどよく離れて寝そべつた目の角度が、ひとしほ美しく見せるのだらうか。

秋の光線もいいのかもしれない。

そのあごから首の線には、まだ菊子の娘らしさが匂つてゐる。

しかし、やはらかくふくらみかかつて、その線の娘らしさは、今や消えようとしてゐる。〔533〕

このくだりから私たちに分かるのは、自分から菊子を離れさせる準備を始めたにもかかわらず、信吾の、菊子へのあこがれが消えていないことです。むしろ、菊子の美しさへの感動は深まりつつあり、彼女の身体のどんな細部でも、彼には貴重に思われます。ただ、菊子という存在はどんどん可能の領域から不可能の領域へと移動しています。もうすぐ、今のように近く、とても自然に菊子を観察することができなくなるであろうと知っている信吾は、はかないものを眺めるときの切ない気持ちで、可能な限り、じっと見たがっているかのようです。自分の半分観察半分妄想の状態から、急に保子の声で目を覚まされるのです。おもしろいと思うもう一つの記事が出てきて、保子は執拗に夫に聞かせたがります。仕方なく、信吾が耳の事件を聞き、指も切り落としたとたんに着けるとうまく着くという適当なコメントをしますが、しばらくして、保子は、意外なことを言います。

「夫婦もなんですね、別れて間もなくもどれば、また工合よくいくこともあるでせう。別れてから、あんまり長くなるとね。」〔534〕

偶然のように出てきた記事をきっかけに、作家は保子の、娘の運命への心配をまた浮かび上がらせます。すぐに菊子の思いに意識を集中したい信吾は適当に返事し、夫婦の小さな会話が発展します。信吾は房子のために何かしたがる保子に、あきらめなさいと言います。そうすると、保子は「あきらめるのは、若い時からこつちの得意ですが」〔534〕と答えます。この答えは目立つことなく、会話の流れのなかに消えてゆくのですが、この短いフレーズで保子という人物の造形に、もう一つの要素が加えられています。いつでも素直に見える保子は自分の固定された役割の限界を、周囲が思うよりずっと意識しているのです。

『山の音』はこういう軽やかな、細かいタッチの積み重ねで構成されています。川端は、こうして尾形家の肖像を描きつづけ、終わりの一歩手前まで私たちを導いてくれました。しかし、今振り返って見ると、ある家族の肖像に思われた作品は、私たちがほとんど気づかない間に、もっと大きなものになっていると分かります。限られたものに見えていた、小さな尾形家の環境は、世界の多様性と偉大さを含めるまでに広がっているのです。

尾形家の日曜日の午後に戻りましょう。信吾と保子の会話が消え、今度は菊子が信吾に呼びかけます。保子の耳の話で、菊子は、胴から離した頭を病院にあずけて、洗濯か修理ができるといいな、と言った信吾の話を思い出したと言います。信吾もその話をよく覚えています。話をしたのは、ひまわりを見た時でした。ネクタイの締め方さえ忘れた今の彼は、いよいよその「医療」が必要だと、半分冗談で菊子に言います。病院で脳を洗ったり、悪いところを修繕している間に、胴は夢をみることもなく、ぐっすり眠れるのです。信吾は、その眠りは、自分の夢であふれる毎晩の眠りとは違うと説明します。ここで、作家は、耳の切断の話から頭を胴からはずす話へと移行し、そこからさらにネクタイの締め方を忘れるエピソードとひまわりの話に繋げてゆきます。つまり、無力と喪失に言及しているこの四つの話を、みごとな細工によって融合しているのです。

菊子は生け終わったからす瓜を何気なく見ています。そして、信吾は菊子に、別居しなさい、と唐突に言い出します。菊子の緊張が伝わってきます。その話は以前信吾から（「夜の聲」という章で）聞かされたことがあったのですが、今回は信吾の深刻な表情から、それを実行しなくてはならない時期がきたのだと、分かるのです。いくら修一のことが怖くても、いつまでも信吾に甘えられないことは、彼女もぼんやりだけれども、分かっています。

こころの中にさまざまな相反する感情がありすぎて、二人とも黙ってしまいます。すると、天から音が聞こえたような気がして、見上げると、鳩が五、六羽低く飛んでゆきます。そして沓脱石のテルが、羽音を追って、庭の向うに駆け出してゆくイメージでこの家族のシーンはフェイドアウトしてしまいます。絵巻物の中で、人物、動物、山水などが次第に現われてくるように、文章が繰り広げられるにつれて、いろいろなイメージが湧き出てきます。

人生の部分品

小説の終わりに行く前に、「秋の魚」という章のこの第四節の、もう一つの部分に注目してほしいと思います。第二回の授業で述べたように、川端は菊子を明白には伝統的日本女性のイメージに関連づけないのですが、彼女が日本の美的理想を具現しているのは間違いありません。信吾が菊子を眺めている上述の引用箇所では、作家は信吾の視線をあやつり、菊子の首の線に注意を向け、その格好をいとしさとともに見つめます。その美しさは、一代でできそうにはなく、幾代か経た血統が生んだのだ、と信吾は思います。この描写で、川端の伝統的な日本の美意識への愛が明らかに現われてきます。

しかし、耳の切断の話は、作家が注意深く作った美しい雰囲気を遮るのです。菊子の細く長めな首から血まみれの耳への移動はあまりに唐突で、読者は少しショックを受けてしまいますが、実際には小説の中で、「未完成」や「人工」の身体のイメージと、菊子の美しい身体のイメージは同時に存在し、何回も出てきました。どうしてこういう二つの相反する次元が『山の音』に共存するのか、興味深い問題だと思います。菊子の美しい身体の描写は日本の伝統にもとづいていますが、「未完成」の身体、つまり部分的に外せる、変身を受けられる、人工的で虚構になれる身体の観念は、モダニズムに影響された作品では時折現われたりしたとしても、『山の音』が書かれた戦後の日本文学では珍しかったのです。どちらかと言うと、ロボットなどに非常に関心がある現代のオタク文化の感受性に近いものに感じられるかもしれません。でも、川端には、こういう観念こそが、菊子の美しさに対照させるために必要でした。

「未完成」の身体のイメージが『山の音』で初めて出てくるのは、ひまわりのシーンにおいてですが、「朝の水」という章にも、似たような話があります。このエピソードの主人公は信吾の友だちの北本という人です。若返りたい北本は、白髪を抜いているうちに、頭が狂ってきて、とうとう精神病院へ入れられてしまいましたが、やがて奇跡が起こり、まるはだかの頭に真黒な毛が生えてきたのです。しかし、その後、北本は亡くなってしまいました。友人が語ったこの話は、あまりに非現実的で、信吾は怪しく思い、そのまま信じていませんが、友人が帰ってから、それについて深く考えてしまいます。このエピソードでも、「未完成」の身体というテーマは読み取られるのです。老いの怖さのせいか、北本の身体は人が支配できなくなった身体なのです。変身を起こした奇跡も、「不自然な奇蹟」〔362〕によって、それを何か虚構的なものに変えてしまいました。北本の身体はもう自然の領域に属しません。

それにつづく「夜の聲」という章でもまた、信吾は自分と自分の同年齢の友人たちの存在を「人生の部分品」にたとえます。最初から、人間は、人生というおそろしい機械の一つの部品にすぎなかったのでしょう。「いつの時代のどんな人間が、人生の全體を生きたかといふと、これも疑問だしね。」〔391〕いつものように、信吾は「部分品」についての思いも、自分に一番精神的に近い人である菊子に語ります。何か重要なことを伝えようとしているように。それは、信吾にとっては人生の全体を生きる時期がずっと前に過ぎ去ってしまったということです。「未完成」の身体というイメージは、その意識と疲れであふれている諦めを、せつないほどうまく表わす比喩だと思われるのです。

水の音

『カーテン』という評論集でミラン・クンデラは、フロベールが『感情教育』第二版のために段落の配置にいくらか変更をおこなった、と述べています。その変更を分析したクンデラによると、このことは作家の深い審美的意図を暗示するものと思われるものです。フロベールがめざしたのは、小説を非演劇化することと、「行動、身振り、応答をより広いまとまりのなかに入れ、日常的なものの流水のなかに溶かしてやること」だったそうです。

このくだりを読み、すぐ、日常性が非常に重要である『山の音』を連想してしまいました。川端も、物語のあらゆる劇的な潜在性を意識していました。そして、フロベールのように、その潜在性を強調せず、むしろ演劇のような要素を除外し、物語をもっと自然な流れのなかに挿入しようとします。つまり、川端は、フロベールが約八十年前にしていたように、物語のドラマチックな要素を、日常的なものの流水のなかに溶かしてやるのです。

このクンデラの表現は、驚くほど『山の音』の川端にぴったりと合っています。ほかの長編小説では、川端は日常生活を語ることにとりわけ興味を持っていないし、むしろ日常生活の平凡さを避けているようです。冒頭から平凡な現実から離れた世界に読者を導く『雪国』はそういう傾向の典型的な例です。『山の音』とほぼ同時期に書き進められた『千羽鶴』で描かれた環境も、日常的なものの味がするとは言えないでしょう。『山の音』の場合だけが、日常的なものが、西洋音楽や映画技術の対位法のように、絶え間なく湧き出てくる芸術や自然の美しいイメージと組み合わされるのです。こういう必要性は、第一節に出た「おずれ」の話からこの小説をずっと渡ってきて、最後の最後まで、川端の筆を支配します。実際に川端康成は、人物の行動、身振り、応答、そして景色、鳥獣、夢、感情、事件などを、何か普遍的な、広いまとまりに入れ、そして文字通りそれらを日常的なものの流水のなかに溶かしているのです。その日常の水道の水の流れの音は、世界中の家庭と同じように、この小説の随所から聞こえてきます。いくつか例をあげてみましょう。


「砂糖水を一杯。」

「はい、今お持ちいたします。」と菊子は言つたが、信吾は自分で水道の栓をひねつた。」〔254〕

保子が勝手口からはいつて來たのだらう。水道の水の音が聞えた。なにか言つてゐるが、信吾は水の音で聞きわけられない。(……)

水道の水の音がとまつて、保子が菊子を呼んだ。〔298〕

絹子は臺所へ行つて水を飲むらしく、水道の音がした。〔493〕

瀬戸物を洗ふ音で聞えないやうだつた。〔541〕

この最後の引用は、小説の最後の言葉でもあります。

秋の長い日曜日の夕食が終わったばかりで、修一が先に立っていき、女たちが台所で食事の後片づけをするところで、信吾は菊子にからす瓜がさがっていることを言いますが、菊子は洗い物をしているためでしょうか、彼の言っていることが聞こえません。つまり、この小説の信吾の最後の言葉は水の音に掻き消されてしまうのです。

少し前、夕飯に久しぶりに一家が七人そろって集まっていました。出戻りの房子と二人の子どもも、もう家族です。菊子は、鮎が三匹しかさかな屋になかったので、里子と信吾と修一に、一匹ずつ配ります。房子は里子に、鮎をお婆さんにあげるように言います。そうすると、保子はおだやかにこう言います。

「大きい鮎ですね。もう今年のおしまひでせうね。わたしはおぢいさんのをつつくからいらないよ。菊子は修一のをね……。」〔538〕

保子の言葉は信吾に、そこには三組の家族が集まっていることを悟らせます。そして、家が三つあるべきであろう、と信吾は思ってしまいます。それは、こわれゆく家族の崩壊に近いのか、あるいは、ちがうかたちで生まれ変わりつつあるのか。そのことに作家は言及しませんが、少なくとも尾形家の雰囲気からは、普通の緊張は感じられません。鮎が足りないことも、さざえが足りなかったときほど問題にならないし、静かな分け方は、物語の初めにはなかった平衡を暗示します。そして、房子は信吾に小さい店でも持たせてもらえないか頼んでみます。彼女も自分の道を探せるようになったようです。信吾は、急に話を変えて、菊子にも故郷を見せたいし、次の日曜日にみなで田舎へ紅葉を見に行かないか、という提案をします。そして、店の話については、考えて結論を出しておく、と房子に答えます。

『山の音』は、一九四九年から書き始められ、完結までには長い時間が経過しましたが、その間に、短編の形で次々と様々な雑誌に掲載されました。一九五二年に、未完成なかたちで（「山の音」から「冬の桜」までの六篇）『千羽鶴』とともに単行本として出版され、芸術院賞を受けます。未完成の作品だったことは、欠点だと思われなかったのでしょうか。やがて、一九五四年に全十六篇が収められた単行本が上梓されました。小説は、いま私たちの手にしている『山の音』のかたちに達していました。川端の経歴としてはまったく珍しくない、このゆっくりとした点滴のような執筆過程から、作家が長い間、小説へのふさわしい結末を模索していたように思われますが、彼の選んだ終わり方が、この推測を否定します。作家が満足できるエンディングをやっと見つけたというより、むしろ小説を中断したまま筆を置いたと思われるのです。

しかし、そういう「終わりのない終わり方」は、この小説の最後の卓越したタッチになっています。もちろん、ギリシャ悲劇でデウス・エクス・マキナが現われるように、いきなり絶対的な力をもつ神が出現し、すべての問題を解決し、物語を収束させるエンディングは、非演劇化された『山の音』のテキストを終えるためには、思いもよりませんし、ドラマチックな盛り上がりを注意深く避けてきた川端には、最後になって、すじの展開に急転換を入れたりすることも、考えられなかったのです。ハッピーエンドなどおよそ問題になりません。作家には一つの選択しか残っていなかったのです。作家にできるのは、尾形家の複雑な人生が続いていくうちに、彼らの家から静かに、つま先立ちで、そっと出て行くことです。

きっと尾形家の人生は、その後も続いていきます。そして、善かれ悪しかれ続いていく彼らの生活は、この小説の国境の彼方に広がる空間で営まれ、それは読者が想像の目でしか追うことのできないものなのです。

読書案内

［テクスト］

ここに収録した『山の音』のテクストには、一九八〇年から一九八四年にかけて新潮社より発行された**『川端康成全集』（全三十五巻・補巻二）**の第十二巻を使用しました。もちろん『山の音』は文庫本（新潮文庫、岩波文庫）でも手に入ります。

［参考文献］

川端康成についての参考文献は無数にあり、多くの研究者によって、さまざまな角度やアプローチからその作品は読み解かれています。

まず、現代の若者は、ヴィジュアルの世界に育っているので、作品を読むと同時に、作家とその作品に関わるイメージを見たくなるのではないでしょうか。その場合、**『日本文学アルバム　川端康成』（新潮社、一九八四年）**から始めると良いと思います。

大岡信、高橋英夫、三好行雄（編）『群像日本の作家 13　川端康成』（小学館、一九九一年）では、川端とその作品が、さまざまな作家と学者の立場から論じられ編まれているため、カレイドスコープのような川端文学案内となっています。加えて、この本には、『山の音』の生原稿の最初の数頁が収録されていますので、それも一見の価値があると思います。

そして、文学作品ではありませんが、川端の世界を、映像を通して巧みに表現している傑作映画に、**成瀬巳喜男監督『山の音』（一九五四年度作品、東宝）**があります。DVD化されており、川端文学の中のヴィジュアル性を、読者の感覚と照らし合わせてみるのも面白いかも知れません。

川端の重要な作品について、書かれた時代背景と作家をとりまく環境にまで言及しながらの詳細な解説を試みた作品論として、**小幡瑞枝『川端康成作品論』（勁草書房刊、一九九二年）**があります。また、**羽鳥徹哉・原善（編）『川端康成全作品研究事典』（勉誠出版、一九九八年）**は、「事典」とあるように、川端の全作品を網羅した備忘録であると同時に、各々の作品に関する評価と研究展望の記載があり、川端研究にたずさわる者には最適の手がかりとなるでしょう。

私の学生のあいだでは、**ドナルド・キーン**氏の***Dawn to the West : Japanese Literature in the Modern Era* (Donald Keene, *History of Japanese Literature*, Holt Rinehart & Winston, 1984)**における川端康成についての評論は、ずっと以前から流行っています。彼の文章は、分かりやすいだけではなく、深さがあり、川端作品における微妙な感性のエッセンスをしっかりと捉えているのです。これは英語で読んでいるイタリア人学生にふさわしいだけではなく、**『日本文学の歴史 13／近代現代篇 4』（徳岡孝夫訳、中央公論社、一九九六年）**として日本語版も刊行されていますから、日本人の読者にも是非おすすめしたい一冊です。

以上の作品は、いずれも『山の音』に多少触れていますが、とくにこの小説について深く知りたい読者は、文庫本の解説を精読することから始めてはいかがでしょうか。新潮社と岩波書店の各文庫とも、解説が付いています。前者の解説は山本健吉氏、後者は中村光夫氏によって書かれています。

最後に、もうひとつおすすめしたい解説本があります。「はじめに」で言及したように、須賀敦子氏が書いたものです。それは、**『ちくま日本文学全集』（全六十巻、筑摩書房、一九九一〜九三年）**の中の、『川端康成』（一九九三年）にあります。「小説のはじまるところ」という題の解説なのですが、須賀さんらしい、ユニークなタッチで、川端康成文学にみられる特有の要素を、明晰に語っています。今では「小説のはじまるところ」は『須賀敦子全集』第4巻（全八巻・別巻、河出文庫、二〇〇七年）でも読むことができます。

著者紹介

ジョルジョ・アミトラーノ（Giorgio Amitrano）

　一九五七年、イタリア、アンコーナ県イエージ市生まれ。ナポリ東洋大学卒業、東洋学博士。翻訳家。映画研究家。現在、ナポリ東洋大学教授として、日本近代・現代文学の教鞭をとるかたわら、「ラ・レプッブリカ」などのイタリア主要新聞、雑誌に文芸評論および映画評論も執筆している。

　著書に *The New Japanese Novel*（イタリア国立東方学研究所発行）、*Il mondo di Banana Yoshimoto*（フェルトリネッリ出版）など。日本の近現代小説のイタリア語訳書は多く、中島敦『山月記』『李陵』など、宮沢賢治『銀河鉄道の夜』『注文の多い料理店』など、梶井基次郎『交尾』『櫻の樹の下には』、川端康成『雪国』『弓浦市』など、井上靖『猟銃』『結婚記念日』など、村上春樹『ノルウェイの森』『ダンス・ダンス・ダンス』『スプートニクの恋人』など、よしもとばなな『キッチン』『N．P．』『とかげ』『アムリタ』『デッドエンドの想い出』などを手がけた。近々、村上春樹『海辺のカフカ』、須賀敦子『ユルスナールの靴』、よしもとばなな『王国』刊行予定。監修に、「川端康成イタリア版作品撰集」（モンダドーリ出版）。

　エルサ・モランテ翻訳賞（一九九六年）、第一回アルカンターラ翻訳賞（一九九八年）、第十二回野間文芸翻訳賞（二〇〇一年）などの受賞歴がある。

理想の教室

『山の音』こわれゆく家族

二〇〇七年三月十三日　印刷
二〇〇七年三月二十三日　発行

著者――ジョルジョ・アミトラーノ
発行所――株式会社　みすず書房
東京都文京区本郷五―三二―二一
〇三―三八一四―〇一三一（営業）
〇三―三八一五―九一八一（編集）
http://www.msz.co.jp

本文印刷所――三陽社
表紙・カバー印刷所――栗田印刷
製本所――誠製本

ISBN 978-4-622-08324-5
落丁・乱丁本はお取替えいたします

《理想の教室》より